JN060836

ブラック
ナイト

Mizuki Hoshikawa

星河 みづき

文芸社

Contents

BLACK NIGHT

7才のわたし、たぶんそれがいちばん古い記憶。母とふたり、小さなアパートで暮らしていた。電車が通るたびに震える古いアパート。私は母が大好きだった。おやつ作りが得意だった母の左足は固いプラスチックのような物で出来ていた。テレビも炬燵（こたつ）もない狭いアパート、布団は2組あったけど私は毎夜母の布団に潜りこんだ。あたたかだった。母の黒髪の匂いも、つめたい左足の感触も私は大好きだった。

　8才、遠い記憶。私は母の仕事を手伝っていた。小さな包みを客に届け、お金を貰ってくる仕事。私はその仕事が好きだった。客は皆（みな）私を歓迎してくれたし、小遣いやチョコレートをくれたりした。

「小百合ちゃんはとっても美人ね。お母さんにそっくりよ」

　行くたびに同じことを言うおばさんがいた。うれしかった。母に似ている、そう言われて私はしあわせだった。

　母は小さなラジカセでハードロックをきくのが好きだった。ディープ・パープルとレッド・ツェッペリン。2本しかないテープを繰り返し毎日きいていた。演奏に合わせて左足を叩いて音を出し、手でギターを弾く真似をして声を出していた。歌というより、それは叫

4

びだった。

「これがハードロックよ」

　長い黒髪を振り乱して叫ぶ。いちばん生き生きしている母だった。狭いアパートで、ライブステージの宝石のように輝いていた。テープが終わり、汗を拭うと母はしばらく遠くを見ていた。私より、ずっと遠くを。私の知らないどこかを。母にとって大切な時間。母にも遠い記憶があるのだろう。女のそれも、過去と呼ぶのだろうか。

　私の人生で唯一あたたかだったその頃。刹那のぬくもり。

　黒い予感。ある日仕事から帰るとアパートの前に黒い車が2台停まっていた。誰かに心臓をギュウ、と掴まれた気がした。手錠をかけられた母が車に押しこめられていく。私は女性警察官に腕を掴まれた。動き出す車。母が私を見て何か叫んでいる。初めて見る母の涙。私は女性警察官に体あたりして腕を振りほどくと走った。遠ざかる車、追いつけない。母の叫びもきこえない。だけど分かった。私の名を呼んでいる。何度も、何度も。遠ざかる、私の母。横に座っている警察官が母の黒髪を掴んで押えつけた。母の顔が見えなくなった。やがて車も私の視界から消えた。それが母と

5

私との別れだった。

　母の仕事、私が客に届けていたのは麻薬だった。８才の少女が麻薬を売る。それがどれほど世間を騒がせたのか私は知らない。テレビも新聞も私には縁<ruby>えん</ruby>のない物だった。

　ポケットに入っていたお金は全部取り上げられた。麻薬を売った代金。いろいろと質問されたが私はこたえなかった。

「テープを返して」

　私が警察官に言ったのはそれだけだ。女性警察官が小さなバッグに私の着替えを詰めこんできた。テープを返された。母の大切なハードロック。私は着ていた服で何度もテープを拭うとポケットにしまった。

「別に汚してないよ」

　警察官が不機嫌な声を出した。いつか全員殺してやる。心の中でそう呟いた。

　車に乗せられた。道を覚えようとしたけどすぐにあきらめた。何時間も走り、山の近くで降ろされた。白い建物。おとなたちはそこを学校と呼び、自分たちは先生だと名乗った。

「本当の学校は年によって学年が違う。俺は６年生で

おまえは２年生だ」

　そう教えてくれたのは級長と呼ばれるいちばん大き
な男子だった。14人の子供たちが同じ教室で授業を受
けていた。それを教育と呼ぶのだろうか。私は国語の
時間だけ、嫌いではなかった。漢字を覚えるのは楽し
かった。黒木小百合。私が知っていた漢字はそれだけ
だった。

　風呂と布団部屋は男女別で、冬には毛布もあった。
朝の掃除、洗濯、食器洗いは当番制だったがつらいと
思ったことは一度もなかった。だけどそこは私の居場
所ではなかった。私はそこで生活していたわけではな
く母の迎えを待っていただけだ。秋も冬も夏もただ母
の迎えだけを待っていた。

　暗い夜、闇の中を裸足で走っていた。野に放たれた
うさぎのように力強く大地を蹴っていた。闇の中にも
光があった。満天の星。うれしかった。私は自由だっ
た。跳びあがれば星さえ掴めそうなほど自由だった。
施設のおとなたちを好きでも嫌いでもなかった。他の
子供たちのことも。ただそこは私の居場所ではなかっ
たというだけだ。私は裸足で駆けていた、道なき道を。
どこへ行こうとしているのか。月が照らしてくれる。

星たちが導いてくれる。私を自由へと、導いてくれる。

　最初にみつけた人工のあかり。大きな古い民家だった。軒下でサンダルを拾った。広い庭に大きな柿の木があり、甘い匂いを放っていた。だから秋だったのだろう。10才の私、遠い記憶。低い枝からふたつ柿をもぎ取って歩きながらかじった。ずいぶん裸足で走ってきた。足は傷だらけだっただろう。だが痛みは憶えていない。ただ柿の甘さだけが今も鮮明に残っている。

　車のヘッドライトが見えた。たくさん流れている。大きな幹線道路のようだ。右か左か。私は車が多く流れていくほうを選んだ。都会。人が多いだけでなく、大きな街には何かがあるような気がしたからだ。それが何かは分からない。それを探そうとも思わない。私は自由だった。心に翼を持っていた。まっ白な、翼。どこへでも行ける。天国でも地獄でも好きなところへ行ける気がした。10才の私、ずいぶん昔のことだ。ずっと歩いてきた。月は落ち、役目を終えた星たちも消えていた。街にたどり着いた私を迎えてくれたのは眩しい朝日だった。

　駅前のいちばん大きなデパートを拠点にした。まずスニーカーと服を調達した。デパートには何でも揃っ

ているけどきれいな服やおしゃれな靴には興味はなか
った。動きやすそうな物を選んだ。自分の身は自分で
守る。私は都会という野生の中をひとりで生きていか
なくてはならないのだから。化粧室でタオルを濡らし、
からだを拭いた。地下には食べる物がたくさんあった。
デパートには警備員がいる。私はいつも知らないおば
さんの後ろを歩くようにした。警備員に咎められたこ
とは一度もなかった。

　外で眠るのはつらい季節だった。夜閉店間際のデパ
ート、寝具売場の毛布の間にからだを潜りこませた。
目が覚めるとデパートの照明は落ち、人の姿も消えて
いた。地下の食品売場の他に最上階にはいろいろな食
べ物屋があった。寿司、天ぷら、うどん、中華、イタ
リアン。コックはいない。火も使いたくない。私は地
下のゴミ箱を漁った。弁当や惣菜の売れ残りを食べる
ことが多かった。パン売り場のフロアに座りこんでク
ロワッサンをかじっているとおかしな気分になった。
自分がねずみかゴキブリにでもなったような気がした。
声を出さずに笑った。久し振りだった。母と離れてか
ら笑ったのは初めてだった。忘れないものなのか、笑
いかたというのは。私も人間だった。ふつうの10才の
子供とはずいぶん違う生きかたをしている。孤独で、

自由で、まっ白な私。それでもひとりの人間なのだ。泣きかたも、忘れていなかった。

　それほど寒い冬ではなかった。雪が舞ったのは一度だけで、それはまるで天使の羽のように優しい雪だった。街を白く染めたのはほんの一時^{いっとき}で、いつの間にか消えていた。きっと天に帰っていったのだろう。

　あたり前のように春が訪れ、都会にも桜が咲き日差しもあたたかくなった。けれど、私の心まであたためてくれる日差しは永遠に降り注ぐことはないだろう。

　夏になると学校へ通った。どこの学校にもプールや雨をしのげる更衣室はあった。暗い夜、闇に紛れて忍びこむ。服を脱ぎ音を立てないようにプールに飛びこんだ。仰向けになって浮かぶのが好きだった。満天の星をひとり占めすることができた。水と星に力を分けてもらった。星はいい。ひとつくらい消えても何も変わらない。あかるさもあたたかさもつめたい夜の長さも。どうせ朝になれば太陽に支配されるだけだ。

　季節は流れる。人も流れる。新しい希望が芽生え、夢がまたひとつ消えてゆく。新しい欲望が生まれ、またひとつどこかで命が消えてゆく。時は万物に平等に流れる。本当に、そうなのだろうか。

　人間らしい生活をするにはお金が必要だった。銭湯

や美容室、バスや電車に乗るにも小銭がいる。ポケットにマリファナは入っていない。他に売物も持ってなかった。デパートや電車、人混みはいくらでもあった。人の数だけ財布もある。それを仕事とした。私のポケットに大金は入らない。なくなればまた次の仕事をする、そんな日常だった。

　盗品をお金に替える、そんなことも覚えた。電化製品がいいお金になった。デパートの売場に置いてあるのは展示品だ。箱に入った新品は倉庫にしまってあった。大きい品物は運び出せない。小さくて高価そうなのをひとつずつ日を置いて持ち出した。3000円でも2000円でも、家賃や学費が必要ない私にはじゅうぶんだった。10才の子供から盗品を買い取ってくれたのは古書店の番台に座っていた男だった。老人なのかそうでないのかよく分からないその男を私はおじさんと呼んでいた。眼鏡をかけたおじさんはいつも同じ格好で座り、ぶ厚い本を広げていた。私がカウンターに品物を置くと、黙って千円札を何枚か出してくれた。会話はほとんどなかった。いつも HOPE という煙草を吸っていた。おじさんに関して知っていたのはそれくらいだ。品物をどこへ流すのか、家族はいるのか。きこうとも思わなかった。10才の子供から盗品を買い取る

男だ。言いたくないことなど星の数ほどあって当然だろう。おじさんも私に何もきいてこなかった。私には、語ることなど何もなかった。

　品物を買ってもらう、それ以外の日も毎日のように古書店に行っていた。本が好きだった。花の図鑑、世界の歴史、星たちの物語。小さな古書店は宝物でいっぱいだった。いちばん夢中になったのは宇宙の神秘。読めば読むほど分からない。銀河や星雲の写真を見るだけで楽しかった。心が踊った。時間が経つのを忘れた。青白く輝くプレアデス星団。人類がそこへたどり着けるとは思えない。だが想像することはできる。そんなのをロマンというのだろうか。店の隅に埃を被った英和辞典があった。最初に調べたのは HOPE という単語。私には縁<ruby>縁<rt>えん</rt></ruby>がないという理由でその言葉が気に入った。あの無口なおじさんにはそれはあるのだろうか。ほとんど客の入らない小さな古書店。静寂と、白い煙とゆるやかな時間が流れるそこは不思議なほど居心地がよかった。

　新しい風が季節を運び、優しい雨が大地を潤す。だがそれは私の心まで潤すことはない。時も人も流れる。永遠に変わらないものもある。人の気持ち。人の、想

い。だがそれは本当に変わらないのだろうか。

　11才だったか12才だったか、私はずいぶん背が伸びた。車とオートバイの運転を覚えた。誰に教わったわけでもなく、本を読み、あとは実践だった。ロックされていてもドアは開く。キーがなくても車を動かす方法も知った。それでも私はキーの付いたままの車を選ぶことが多かった。無駄な破壊はしたくなかったから。その頃から私はデパートや学校の体育倉庫、古いお寺ではなく車の中で眠るようになった。車はいい。雨や寒さをしのげるし、たいてい小銭も置いてあった。ラジオや CD をきくこともできた。ガソリンがなくなれば次の車を探す。古書店で見た海の生物の図鑑にもそんなのがいた。人間も貝もやってることは同じだ。それを生活というのだろうか。

　自動販売機で煙草を買った。HOPE のボタンを押すとふたつ出てきた。それをポケットに入れ古書店まで歩いた。買い取ってもらうのではなく、日頃お世話になっているおじさんへのプレゼントのつもりだった。店の前に車が停まっている。黒い予感。古書店から3人出てきた。手錠をかけられたおじさんを警察官が車に押しこめていく。おじさんは私の顔を見ようとしな

い。走り去る車、私は追わなかった。来た道を引き返す。

　コンビニエンスストアでライターを調達した。ポケットに手を入れる。行き場を失った HOPE。仕方がないので自分で吸うことにした。駐車場で火をつける。流れる、白い煙。それはただの煙。何の幻想も生み出さない、ただの煙だった。

　狙っていたわけではなくただの行きがかりだった。暗い夜の中、車を走らせていた時、小さな派出所の前に停まったパトカーから降りたふたりの警察官が派出所の中に入っていくのが見えた。しばらく行き過ぎたところで、コンビニエンスストアの駐車場で拾った白いニッサンを停める。闇の中歩いて派出所に近づき、静かにパトカーのドアを開けた。エンジンのかかったままのパトカー、ギアをリヴァースに入れる。派出所の中では４人の警察官がデスクを囲んで何かを見ている。私に気づかない。パトカーを20メートルほどバックさせる。まだ気づかない。ギアを入れ、力いっぱいアクセルを踏みこむ。クラクションを鳴らす。振り返った警察官と眼が合ったのは一瞬だけだ。跳びのく４人。激しい衝撃とガラスの割れる音。たいしたことはなかった。パトカーの鼻先だけ引き戸に突き刺さり、

引き戸の上部のガラスを割っただけだ。ドアを開け、闇の中にからだを滑りこます。白いニッサンに戻る。誰も追ってこない。煙草に火をつけ、車を出した。

　なんでクラクションを鳴らしたのだろう。全員殺してやる、そう思ってたはずなのに。腹が立った。全然力不足だ。あんなひょろひょろのパトカーではあの程度だ。次はジェット機でもぶち込んでやろう。私は車を走らせた、闇の中へ。目的はないし行き先も決めていない。おなかは減ってないし、眠くもなかった。私はただ車を走らせていた。ヘッドライトや流れるテールランプたちが奏でる街のざわめきの中を。走る以外、やることは何もなかった。

　朝が来て街は眠りから醒め、人々は動き出す。日が沈み、夜になっても街は眠らない。人の欲望は眠らない。この世界が動き続ける限り、人の夢は終わらない。

　新しい星が生まれ、古い星が消えても時間は動き続ける。新しい光が生まれ、古い疵が消えてゆく。青い空、激しい雨。つめたい風、暗い夜。時は確実に流れていく。

15才の頃、私は大学へ行っていた。小さなバッグを
ぶらさげて電車やバスに乗り、いろいろな大学に行っ
ていた。バッグの中にはえんぴつとノート、少しの着
替え、洗面道具、２本のカセットテープ。私の全財産
が入っていた。通学の車内で仕事をすることもあった。
人混み。人の数だけ財布もあった。

　ゼミなどの少人数のクラスには入れない。大きな教
室での一般教養の講義に紛れこむ。不思議な光景だっ
た。おしゃべりに夢中な人たち。携帯電話を使ってい
る人。小学校にも行かなかった私がいちばん真剣に講
義を受けていた。居眠りしてる人もいる。何かいい夢
でもみているのだろうか。

　15才の私、大学生のファッションを参考にした。興
味はなかったが、そのほうが目立たないと思ったから
だ。学食のランチは気に入っていた。どこの学校でも
ハズレはなかった。男子学生からはよく声をかけられ
たが、女子学生とはあまり話したことはない。何でだ
ろう。私は別世界に生きる女。本物の大学生になれる
はずはないし、ともだちが欲しいとも思わなかった。

　私の唯一の贅沢、月に二度くらいは美容室に行って
いた。特に決めていたわけではなく、看板を見つけれ
ば入る、そんな感じだった。その店は三度目だった。

店の雰囲気が悪くなかった。私に付いたのは背が高い金髪の男だった。

「きれいな髪ですね」

　母と同じ黒髪をほめられたのがうれしかった。食事に誘われた。断わる理由もなかった。私もひとりの女だった。

　三度目のデート、アパートに連れて行かれた。胸が鳴った。他人の部屋に入るのは初めてのことだった。白い３階建のアパートの一室、そこには３人の男とビデオカメラが私を待っていた。何のことだか分からなかった。背中を突き飛ばされた。振り返ると、金髪の美容師が後ろ手で錠を回し薄ら笑いを浮かべている。自分のからだがつめたくなるのが分かった。私はビデオカメラを手に取り、金髪の鼻に思いきり叩きつけた。呻き声をあげ、うずくまる金髪。その後頭部にビデオカメラを力いっぱい打ちつけた。１回、２回、３回、４回。何かが私の顔にかかった。腹が立った。猛烈に腹が立った。こんな外道でも血はあたたかい。私と同じ赤い血が通っている。許せなかった。10回、15回、20回、力の限り打ち続けた。ヌルリ、と手からビデオカメラが滑り落ちた。ビデオカメラはビデオカメラでなくなっていた。金髪は赤く染まり、頭は人間のそれ

ではなくなっていた。悲鳴がきこえた。３人の男たち、いやこんなのを男と呼ぶのだろうか。誰も金髪を助けようとしなかった。震えている。座りこんで嘔吐している者もいる。いちばん近くにいた白シャツで手を拭った。赤く染まった白シャツがへたりこむ。背を向けても誰も追ってこない。錠を回しドアを開けて外に出る。暗い夜、血まみれの私。ありがたいことに闇が包みこんでくれた。しばらく歩いて黒い車を見つけた。キーは付いている。ガソリンもたっぷりあった。

　車を飛ばした。街灯やヘッドライト、あかりのないほうへ車を走らせた。くやしかった。髪に血がこびり付いている。母に貰った大切な黒髪を外道の血で汚したことが許せなかった。

　どれくらい、走らせたのだろう。山だということは分かった。ヘッドライトを消すと何も見えなくなった。エンジンを止める。何もきこえなくなった。ドアを開け、血まみれのからだを闇の中へ滑りこませる。遠い月あかりを頼りにゆっくり歩いた。音がきこえてきた。水の、匂い。小さな清流だった。服を着たまま水に入る。浅い。11月の山、空気も水も刺すようにつめたいけど私の心はそれ以上に冷えていた。手にこびりついた血を落とし顔を洗った。何度も、何度も。血の匂い、

落ちない。ジーンズを脱ぎ裏地で顔を擦った。何度も、何度も。全身を洗った。からだに付いた血は落ちただろう。心にまで染みこんだ血の匂いは消えない。どうしようもない。それでも私は水を浴び続けた。11月の清流、いつの間にか水はあたたかくなっていた。見あげると満天の星たちが私を優しく包みこんでくれていた。あの頃と同じように星は輝いている。久し振りのような気がした。都会にも星は輝く。私が夜空を見あげなかっただけなのか。どこを見ていたのだろう。どこも、見てなかった。前も後ろも見てなかった。ただその瞬間だけを生きてきた。星はいい。いつも同じ表情をしている。私の顔など気にもせず、ただ自分のためだけに輝き続ける。永遠より、もっと長く。私は水と星に力を分けてもらった。あの頃と、同じように。

　暖房を全開にして車を走らせた。髪はすぐに乾いた。もうすぐ夜が明ける。服もじきに乾くだろう。交通量が増えてきた。眩しいヘッドライト、流れるテールランプ。光が増えてきた。そしてもうすぐ消えるだろう。朝が近づいてくる、いつもと同じように。街に戻った私を迎えてくれたのはやっぱり朝日だけだった。

　コンビニエンスストアで煙草と朝食と鋏を調達した。新聞が数種並んでいたが見ようとは思わなかった。ど

うせろくな記事は出ていない。車のサイドミラーを見ながら髪を切った。耳が出るほど短くした。驚いた。私はこんなにも肌が白かったのか。ずっと闇の中で生きてきた。そんな理由ではなく、遺伝なのだろう。私の母は眩しいほどきれいな肌をしていた。そして艶のある黒髪。私は母の面影を捨てたわけではなくただ髪を切っただけだ。

　握り飯とサンドイッチを牛乳で流しこむとウィンドを降ろし、煙草に火をつけた。煙草はいつも煙草屋かコンビニエンスストア、パチンコ屋でひとつずつ求める。HOPE は自動販売機ではふたつ売り、ジーンズのポケットにふたつ入れるのは窮屈だった。根元まで吸うと指で外に弾き飛ばした。目を閉じる。眠るのではなくただ目を閉じただけだ。夢なんて、みたくないから。

　駅前のいちばん大きなデパートに入った。私が育ったデパート、どこで何を売っているのか暗闇の中でも困ることはないが今は明るい照明に囲まれている。日曜日だった。人は多いし子供も走り回っている。黒いタイトなジーンズ、ぴったりだ。裾を詰める必要はなかった。タンクトップとハイヒールも黒にした。闇に同化する黒。血が付いても目立たない、黒。革ジャン

パーはいろいろな種類があった。襟にファーが付いたのを選んだ。もうすぐ、また冬がやって来る。爪でタグを切り飛ばし、タンクトップの上に着こんだ。

　化粧品売場、ドキドキした。ここを覗くのは初めてだ。どう使うのか分からないが色とりどりの小物が並んでいる。眩しかった。まるで別世界に紛れこんだような錯覚に陥った。

「よろしかったら、どうぞ」

　小柄な女性販売員が遠慮がちに微笑んでいる。椅子に腰かけ、メイクを教わった。

「綺麗な肌ですね」

　澄んだ声。ありがとう、私の母はもっと綺麗だった。遠い記憶、忘れるはずもない面影。

　女性販売員の説明は耳に残っていない。私はいちばん鮮やかなルージュだけ選んでお金を払った。私が育ったデパート、ここでお金を払うのは初めてだった。

　駅のコインロッカーからバッグを取り出し電車に乗った。私が買ったのは入場券。行き先は決めてない。車内で仕事をしようとも思わなかった。ただ遠くへ行きたい。自分が誰だか分からなくなるくらいの遠くへ行ってみたかった。

日が沈み、夜が来て夜に生きる。欲望、夢、哀しみ。
都会の夜は眠らない。街から溢れる光の雫、主人公た
ちが奏でるざわめき。華やかな都会の夜。だからこそ
闇も存在する。時として闇は人に牙を剥く。闇に脅え
る人もいる。私はいつも闇に守られてきた。暗闇だけ
が私の味方だった。私はなぜ生きるのだろう、何もな
いのに。欲望、夢、未来。やりたいことなんて、何も
ないのに。死なないから生きる。死ねば、生きなくて
もいいのか。この世に命がいくつあるのか知らない。
数えきれないほどあるだろう。私の命が消えても誰も
気づかない。何も変わらない。自分の存在など知って
ほしいとも思わない。私は何も残さない。ただ消える
だけ。それが、私。ひとりで生き、ひとりで消えてい
く。それが人の命なのだろうか。

　花が咲き、匂い、乱れ、散りゆく。そしてまた新し
い花が咲く。風や水、蝉や星も同じだ。それを命と呼
ぶのだろうか。
　日が沈み、夜が来ると街にあかりが宿る。朝が来て
あかりは静まり、また次の夜を待つ。灯は街の命な
のか。それは人の心にも宿るのだろうか。
　夜が来て、街には蝶が舞い男たちは酔う。朝になり、

香水の匂いが醒めても欲望は眠らない。それも命なのか。命には終わりがある。だからこそ花は美しく星はまばゆい。人の心もそうなのだろうか。

　遠い記憶は時々目を覚ます。母とはぐれてひとりぼっちになった私。闇の中を自由に駆けていた夜。満天の星、柿の甘さ、真夜中のプール、天使の羽のように優しい雪。そんなのは鮮明に残っている。だけど新しいことはあまり残っていない。昨日はどこで何をしていたのか。何を食べたのだろう。昨夜は何を想ったのか。思い出せない。きっと何も想わなかったのだろう。
　ウォッカを飲んでいた。いつの頃からかウォッカが好きになった。ウィスキーよりつめたい味がするウォッカ。それでも私の心よりはあたたかいウォッカ。氷もグラスもいらない。そのままボトルに口をつけて飲むのが好きだった。潮の香り、波の音。あたたかくつめたい星たちに囲まれてウォッカを飲んでいた。打ち寄せる波、手で掬い口をつける。塩辛く、そしてほのかに甘い。ウォッカにぴったりだ。なぜだろう、懐かしい気がした。私はこの味を知っている。そうか、海水は涙と同じ味なのだ。ちがう。私は涙の味なんて知らない。どうでもいい。眠くなってきた。子守り歌の

ような波の音、これははっきり憶えている。むかし、ずっと昔母の内できいていた。あたたかな、母の内で。

　私は闇の中にいた。闇以外、何もなかった。自由に走り回ることができた。からだを開いて横になることもできた。手に何か触れた。つめたくて固く、そしてあたたかな母の左足を抱きしめた。懐かしい黒髪の匂い。涙が溢れた。夢の中だと分かっているのに涙が零れた。そうか、これは夢なのか。夢なんてずいぶん久し振りだ。今日目が覚めたら私は死ぬ。今日が私にとって最後の日。だから夢をみたのか。母に会いたかった。母を探そうと思った。いつだったか、人を殺した。私のからだは血まみれになった。母に貰った大切な黒髪を汚した。心まで、血まみれになった。母に会えない。会う資格などあるはずがない。口に海水が流れこんできた。塩辛く、ほのかに甘い。ちがう、これは海水じゃない。涙。私の涙なのか。私はやっぱり涙の味を知っている。子供の頃、よく夢の中で涙を流していた。いつもひとりだった。ずっと闇の中だった。泣いてもどうにもならない、分かっていたけど夢の中では涙が溢れた。そう、夢なのだ。世の中の総てに絶望した。この世界の総てを壊してやろうと思った。最後の、夢。最後の夢で私は涙の味を思い出した。

24

　私は闇の中にいた。何も見えない。音もきこえない。暑いのか寒いのか。ここはどこなのだろう。天国なのか地獄なのか。どっちでもない。ただの闇だった。

　何だろう、音がきこえてきた。懐かしい音。闇の中、光が射しこんできた。あたたかい。はっきりしてきた。波の音、潮の香り。ゆっくり目を開く。海があった。雄々と広がる海。私はウォッカのボトルを抱きしめて砂浜に転がっていた。そうか、星空を眺めながらウォッカを飲んでいたんだ。星たちは姿を消し、今新しい朝が生まれようとしている。

　私にとって最後の朝、その男は太陽を背負ってやって来た。時々おかしな動きをしながら近づいて来る。真っ青な海と同じ色の作業服にくわえ煙草。波打ち際の空缶を拾い、背中に手を回す。空缶は消えていた。砂にまみれたビニール袋を拾い、また背に手を回した。近づいて来る。

「やあ」

　私と眼が合うと、５月の朝日よりさわやかな笑顔で片手をあげてくる。

「おはよう」

　私も自然に返していた。それだけだ。男は私の前を通り過ぎると太陽に背を向けて歩いて行く。まるで大

海原の如く雄々と歩を進めて行く。竹で編んだような大きな籠を背負っている。商売ではないだろう。海岸のゴミを拾って誰かがお金を払ってくれるとは思えない。朝日から遠ざかっていく男。私の周りに吸殻は落ちていない。私が星を見ていた時、波はもっと近くにあった。引き潮。海に向けて弾き飛ばした吸殻は波が持っていってくれたようだ。あの男の仕事を増やさなくてよかった。私は妙なことに感心した。

　ハイヒールとウォッカのボトルを掴んで立ちあがり、ジーンズの砂を払った。海に背を向け砂浜を歩く。まだ熱を持っていない砂、振り返ると私の足跡が残っている。どうせすぐに消えてくれる、私の命と同じように。

　白いトヨタ、意志を持っていない機械は主以外の人間でも簡単に乗せてしまう。昨夜パチンコ店の駐車場で拾った車だ。ドアを開け、乗りこむ。助手席にウォッカのボトルとハイヒールを拋り、革ジャンパーを脱いだ。煙草に火をつけエンジンをかける。顔がべたついているが24時間営業のサウナを探すのは面倒だ。きれいな川まで車を走らせようかしら。朝の牛乳はどうしよう。コンビニエンスストアはどこにでもある。おかしかった。なぜ私は風呂や朝食の心配をしているの

だろう。どうせもうすぐ死ぬのに。ウィンドを降ろし煙草を指で弾き飛ばす。サイドブレーキを戻し、ギアを入れるとゆっくり車を出した。

　海岸沿いの道路、赤く平べったい車が朝日を跳ね返している。血のような、赤。人は乗っていない。外国車なのだろうか、初めて見る形だ。青い作業服の男、鮮やかに残っている。これはあの男が乗って来た車だと私は勝手に決めつけた。おはよう、か。朝のあいさつをしたのはずいぶん久し振りのような気がする。夜明けの海岸で酒瓶を抱いて転がっていた女にさわやかな笑顔を見せてくれた男。その変テコな男はあんな派手な車で海の掃除に来ていたのか。世界の総てが私の敵だと思っていた。だけどあの男は敵じゃない。あんな笑顔が敵であるはずがない。最後の朝にあんな男に出会えたのがうれしかった。

　明るい日差しの中を歩いていた。ここは夢の中ではない。５月の太陽は容赦なく私を照りつけ、革ジャンパーを脱いだ肌を優しい風が撫でてくれた。ずいぶん歩いて来た。朝、駅前で白いトヨタを捨てた。いつもそうする。交通量が多く邪魔になる場所に車を捨てるほうが、持主の元に早く戻るような気がするからだ。

駅のコインロッカーにバッグを入れた。私の全財産。キーは途中の川にでも捨てればいい。キーのないコインロッカー、いつかは開けられ私の全財産は処分されるだろう。どうせ私が死んだ後のことだ。

　ずっと歩いてきた。駅前から東西に延びるこの街でいちばん大きな道路を私は西へ向かって歩いていた。もう昼過ぎのはずだ。結局朝食は抜きだった。お昼もいらない。ハイヒールの足が痛かったがたいした問題ではない。もうすぐ総ての苦しみから解放される。私は歩き続けた。行くあてはなかった。ただ夜を待っていた。私の、最後の夜を。

　歩道を歩いていた私の前を車が横切った。そのまま駐車場に滑りこんでいく。白い大きな建物。大学病院という字が見えた。私は病院に行った記憶がない。医者や看護婦がどんな服を着て仕事をするのか知らない。足を病院の出入口に向けた。癒す傷も、ないのだけれど。

　スタンド式の灰皿があり、パジャマにサンダル履きの男性が煙草をふかしている。病院内は禁煙なのだろうか。自動扉が私を迎え入れてくれた。ソファーのようなベンチが並べてあり、ところどころに人が座っている。窓口がいくつかあり、会計、薬などといった字

が見えた。私が探していた場所もすぐに見つかった。

　トイレから戻る途中、廊下で白い服を着た若い女性と擦れ違った。その人は私に笑顔で会釈してくれた。なぜだろう、苦しくてさみしげな瞳の色。たぶん看護婦なのだろう。私は初めて病院に来た。ここは病気やけがをした人が来るところ、それくらいは知っている。医者や看護婦という人たちは他人の死に立ち合うこともあるはずだ。人間は死ぬ。どんな形であれ必ず死ぬ。なぜだろう、看護婦というのは自分で選んだひとつの職業ではないのか。なのに、あの瞳。つらくて、苦しくて、踠き、それでも逃げ出さない脆くそして強い瞳。彼女は何と戦っているのだろう。

　待合所の後ろに自動販売機が並んでいる。ジュース、牛乳、コーヒー、お茶。缶ではなく紙パックに入った物だ。冷水機を見つけた。口を近づけボタンを押す。つめたい、そしておいしい。私は牛乳やウォッカが好きだけどやっぱり水がいちばんおいしい。こんな機械の中に入っていても水は水なのだ。私には戸籍も保険証もない。もしかするとこの世に存在しない人間なのかもしれない。人を殺したこともある。そんな女が病院の設備を利用した。またひとつ、罪を重ねたような気がした。

自動扉が開き外に出た。５月、風も太陽も気持ちが
いい。スタンド式の灰皿の近くには誰もいない。ポケ
ットから煙草を取り出し１本くわえて火をつける。手
に持ったままの革ジャンパーが邪魔だったが捨てよう
とは思わない。ポケットがたくさんあって何かと便利
だった。背後で自動扉の開く気配がして、咳がきこえ
た。振り返ると、杖をついた老人が口に手をあててい
る。私が煙草を灰皿に落としこもうとすると、慌てた
ような仕草をした。咳こみながら、吸え、と身振り手
振りで私に伝えようとしている。私が煙草を口に運び
煙を吐き出すと老人が頷いた。咳もおさまったようだ。
杖をつき、ゆっくり近づいて来る。
「医者も家族も煙草を吸うことを決して許してくれん。
92じゃよ、もう。死にたいように死なせてくれという
のが分かってもらえんのだ」
　さっきまでの咳が嘘のようなしっかりした口調だっ
た。
「金も持たせてくれんが散歩は許してくれる。せめて
煙だけでも、そう思うてな」
　老人は私の顔を見ていない。まるで天にでも語りか
けているようだった。私はポケットから煙草を取り出
し、１本抜いて老人に差し出した。一瞬驚いたような

表情を見せた老人が笑顔で受け取ってくれた。いたずら好きの少年のような笑顔だと思った。老人がくわえた煙草に火をつける。近くで見る92年生きてきた男の顔。目を閉じた老人の口から出たのは咳ではなく静かな白い煙。5月のさわやかな風に飛ばされ消えてしまう儚い煙。老人の閉じた瞼が動いたような気がした。

「92じゃよ、もう。涙はとうに枯れたと思うとうとんじゃが」

　92年生きてきた男の顔を澄んだ涙が伝わっていく。

「やっと来てくれた。天国か地獄、どっちへ行けるか賭けをした。こんな別嬪な天使が来てくれた。儂の、勝ちじゃ」

　流れてくる白い煙。老人は目を閉じている。私の顔など見えていないのだろう。私は天使とはかけ離れた存在、黒木小百合という名の罪深き女だ。今さらひとつくらい罪が増えてもどうということはない。手に持っていたライターと希望という名の煙草のパッケージを老人のカーディガンのポケットに落としこんだ。

「ありがとう」

　老人がまっすぐ私を見つめてくる。やっぱり少年のような眼差しだった。自分の煙草を灰皿でもみ消すと、足速に病院を後にした。どこからか老人の家族に見ら

れているような気がしてドキドキしてしまった。

　天国か地獄、か。私には賭ける物も賭けをする相手
もいない。もし自分で選べるのなら地獄がいい。みん
な天国へ行きたがる。だから私は地獄がいい。天国は
連れていってもらうところだが地獄はそうではない。
地獄は堕ちるところだ。何があるのだろう。小さなス
リルくらいならあるかもしれない。私はスリルが欲し
いのか。スリルとはどんなものなのか。どうでもいい。
どうせ私の居場所など、どこにもないのだから。

　過去は消せない。時間を巻き戻すことはできないけ
ど、ただの道路ならいくらでも戻り道ができる。私は
歩道を歩いていた。この街のメインストリート、駅か
らずっと続くこの道を引き返していた。夜には着ける
だろう、私の死に場所に。3時は回っているけど4時
にはまだだ。太陽がそう教えてくれている。私は時計
やカレンダーに縁のない生活をしてきた。テレビも新
聞も見たことはない。それでも18年、生きてきた。18
年も生きてきたのに時間を潰す方法を知らなかった。
だからただ歩いてみた。闇の中をずっとひとりで生き
てきた。最後くらいたっぷり光を浴びながら歩くのも
悪くないと思ったから。

　顔の前を小さな何かが横切った。眼で追いかける。歩道の隅に白い花が一輪咲いていた。アスファルトのほんの僅かな隙間から顔を出している名も知らぬ小さな花。花冠に蜂が顔を埋めている。こんなところに花が咲いてるなんて来る時には気づかなかった。なんで気づかなかったのだろう。青い空でも見あげながら歩いていたのか。そうじゃない。たぶん何も見てなかった。汚れた過去も、そして残り少ない未来も。私は足を止めた。この花はなんでこんなところで咲いているのだろう、みんなと離れてひとりぽっちで。自分の意志ではなく他にどうしようもなかったのだ、私と同じように。いや私がひとりなのは自ら望んだことだ。もしかするともっと別の生きかたもあったかもしれない。それでもこの花は私と似ている。もうすぐ、この世から消えるのだから。仕事を終えた蜂がどこかへ飛んでいった。次の命が蜂に委ねられた。この花が枯れてもそれで終わりではない。私とは全然ちがう。足を踏み出す。踏み潰そうとして、やめた。私はこの世界全部を壊したいのだ。私にそんな力のないことは分かってる。それでも全部消してしまいたい。過去も未来もからだも心も総て滅ぼしてしまいたい。現実も夢も、全部を。花ひとつ散らすことに意味はない。なんだろう、

昔古書店で読んだことがある。悪の限りを尽くした罪人が地獄の血の池で踠き苦しんでいた。それを上から見ていたマリアだか釈迦だかが、その罪人が生前ひとつだけ良いことをしたのを思い出し手元に咲いていた花から1枚だけ花びらを落とした。ひらひらと舞い落ちる花びら。血の池で溺れていた罪人はその大きな花びらに救われ地獄の苦行から解放される。そんな話だったかしら。ちがうような気もするがよく思い出せない。あの頃は毎日何冊も読み漁っていた。知識を得るためではなく、他にやることを知らなかっただけだ。思い出せない。花の図鑑も夢中になって見たはずだ。なのに思い出せない、この花の名を。もしかすると初めから名前がないのかもしれない。きっとアダムが名を付け忘れたのだ。花の命は短い。私は18年生きてきた。だけどこの花はそんなには生きられない。いつから咲いているのか知らないがあと数日で枯れてしまうだろう。5分後に誰かに踏まれてしまうかもしれない。花の命は短い。そして花はそれを知っている。だからこそ力の限り美しく咲き誇る。ポケットに手を入れる。煙草もライターもなかった。顔をあげ、辺りを見回す。反対車線にコンビニエンスストアの看板が見えた。30メートルほど戻ったところに横断歩道があり、信号が

青になるのを待って道路を渡った。

　コンビニエンスストアを出て煙草に火をつけた。ゆっくり煙を吐き出す。白い煙は空に届く前に消えてしまう。青い空、やがて赤く染まり闇へと落ちゆく。地球最後の日。二度と昇らぬ太陽、明日という日は永遠に来ない。行き交う車たちはそれを知っているのだろうか。人々は未来を信じて疑わないのか。明日やその次の日の予定を楽しみに今日を生きるのか。たぶん、明日は来る。未来もある。私は何も持っていない。この世界を壊すことなどできはしないのだ。ちっぽけな私。天に届かぬ希望という名の煙草の煙より薄い存在。私が死んでも何も変わらない。私が消えても誰も気づかない。世界は動き続ける。無駄に、動き続ける。指先が熱くなってきた。HOPE。何年もこの煙草を吸ってきたが、どうやら他の銘柄よりサイズが短いようだ。きっとつまらない名を付けた人の責任なのだろう。指で弾き飛ばす。一瞬、あの男の顔を思い出した。朝日の中から現われ私にさわやかな笑顔をくれた男。まさかここまでゴミ拾いに来ることはないだろう。

　バスが走って行った。駅から続くこのメインストリート、10分間隔でバスが通（とお）っている。大学に行く時利用した。バスが走り去った道路の向こう側、反対車線

の歩道に黄色い帽子の子供たちの姿が見えた。赤いランドセル。12〜13人で集団下校している。先頭の子は後ろを向いて何か声を出している。荷物をぶらぶらさせている子、隣りの子とからだをぶつけ合いながら歩いている子。みんな笑顔だ。いや、ひとりだけ笑ってない。集団から少し遅れうつむきながら歩いている子。学校で何か嫌なことでもあったのだろうか。ともだちとうまくいってないのか。8才くらいだろうか。8才の時、私は麻薬を売っていた。それでもあんなにうつむいてなかった気がする。集団から離れひとりぽっちで歩いている子、いきなり歩道にしゃがみこんだ。思わず駆け寄ろうとした私はガードレールに行く手を阻まれた。目の前を走る大型トラックが女の子の姿を隠した。黒煙をあげ、走り去るトラック。煙の向こう、反対車線の女の子はまるでアスファルトに口づけしているように見える。そうか、あの場所。私は小さな白い花を思い出した。アスファルトのほんの僅かな隙間から顔を出している名も知らぬ花。あの子は毎日見てきたのだろう。あいさつして語りかける。8才くらいの女の子にとってそんなのがふつうなのだ。踏み潰さなくてよかった。蹴散らさなくて本当によかった。だけど、花の命は短い。あの子も遠からずそれを知るこ

とになるだろう。涙を流すかもしれない。現実を知り、痛みを知り、そして成長する。いきなり立ちあがった女の子が私に手を振った。花より、5月の太陽よりあかるい笑顔。天使の笑顔。片側3車線の広い道路、声は届かない。だけどその笑顔が伝えてくれた。その笑顔が届けてくれた。私も少女に手を振って速足で歩道を歩き始めた。ドキドキしている。私はうまく笑えただろうか。あの天使に応えることはできたのか。花の命は短い。彼女はそれを知っている。だから、あの笑顔。花は彼女の笑顔を知らない。誰のために咲くのでもない。人が近づけない断崖や暗闇の中でも力の限り咲き誇る。美しく、何よりも美しく。それを儚いとは言わない。少女の笑顔も、あの小さな白い花も私の中に永遠に残るだろう。

　見慣れた景色の中を歩き続けた。車は生活のために使っていた。自分で運転するより電車やバスに乗るほうが好きだった。窓の外、見ても見なくても勝手に流れる街の色。そんなのが好きだった。駅の近くにはデパートや背の高いビルが多いがこの辺りはとにかく何でもあった。ブティックや飲食店が多いようだがあまり入ったことはない。ただバスの車窓から見ていただ

けだ。甘い匂いがしてきた。ケーキ屋。この店はバスの中からでも特に目立つ外観も名前もかわいらしいケーキ屋だった。ガラス越しの店内、カフェスタイルのテーブルでケーキを囲んでいる男女。穏やかな笑顔。恋人なのだろう、あのふたりにはどんなケーキより甘い時間が流れている。私もケーキはよく食べた。真夜中のデパートの地下、手で掴み貪り食べていた。フォークなんか使ったことはない。ただ生きるために食べていた。遠い記憶。ケーキの甘さを思い出せない。私が食べていたのは本当にケーキだったのだろうか。ガラスの向こうの男女、あのふたりには私の姿など見えていないようだ。別世界。たったガラス1枚なのに。カップを持ちあげた女の人、添えた左手の指環が輝きを放っている。私はポケットから出した自分の手を見た。白くてきれいだ。汚れていない。どこにも血は付いてない。それでもこの手で人を殺した。血の匂いが染み付いている。心にも染み付いている。それは永遠に消えない。忘れていいことではない。私の汚れた指に指環は似合わない。甘い時間など、来るはずもないのだから。

　この街は夕日の街。走り去る車や行き交う人々、立ち並ぶビルの窓や商店の看板も大きなオレンジ色の夕

日に染められている。ずっと歩いてきた。一度公園で
水を飲んだだけだ。道を１本入ったところの公園、そ
こにはずいぶんゆっくりした時間が流れていた。ベビ
ーカーを押す若い母親がいた。ボールで遊ぶ子供たち
もいた。近づくと一斉に飛び立つ鳩。ベンチがあった
けど私は腰を降ろさなかった。朝からずっと歩いて来
た。足は感覚がなくなっている。一度座ってしまった
らもう立ちあがれないかもしれない。今さら休憩など
必要もなかった。もうすぐ終わる。総ての痛みから解
放される。大きな夕日がそれを教えてくれていた。

　前から男が歩いて来る。人はたくさん歩いているの
だけどその男は異彩を放っていた。大きい。まるで山
のようだ。剃りあげた頭、逞しい髭。相撲取りという
よりプロレスラーといった感じだ。いや、それだけな
ら特別めずらしくはない。その男は花畑だった。花束
を抱えているのだが、大きな男が大きな花束を抱えて
歩く姿はまるで花畑が歩道を移動しているようで壮観
だった。近づいて来る花畑。その男は私に会釈してく
れた。男の眼、なんてやわらかな光を湛(たた)えているのだ
ろう。擦れ違う、花の香り。胸が締めつけられた。こ
の男、とてつもなく深い悲しみを背負っている。胸に
抱えている花束はただの花ではない。この男にとって

命そのものなのだ。大股の男、擦れ違ったのはほんの一瞬。それでも分かった。この男の愛、そして悲しみ。遠ざかる花の香り。私は振り返らなかった。私には関係のないこと。私はもうすぐ死ぬのだ。あの男にしてあげられることなど何もない。

　私は歩き続けた。また花の香り。いろいろと混ざっている。美しい花屋だった。磨きあげられたガラス、掃除の行き届いた店内。店の前の歩道にも塵ひとつ落ちていない。店の花たち、その１本１本にまで愛情が沁みついているかのようだ。野に咲く花ではない。人に育てられた花。売るために作られた花。関係ない。花は誰のためでもなく、ただ花であるから咲き誇る。アスファルトの隙間から顔を出す小さな花も、ウィスキーグラスに一輪挿しの薔薇も同じように貴い。人の命と同じように。私は足を止めなかった。あの男の店、愛と悲しみが詰まった花屋。一度止まってしまったらもう動けない気がする。まだ夜ではない。私は歩き続けなければならない。

　オレンジ色の夕焼け。車のエンジン音、クラクション、都会のざわめき。橙から赤へと沈みゆく街。歩いていた私の足が止まった。自然に、止まった。目が吸い寄せられた。ガードレール、中央分離帯を挟んでの片

側3車線の道路、ガードレール。その向こうの歩道に
見憶えのある背中があった。朝日の中から現われ私に
さわやかな笑顔を見せてくれた青い作業服の男。竹で
編んだ籠ではなく今は大きな夕日を背負っている。左
手にバケツを持ち、時折腰を折って歩道のゴミを拾っ
ている。夕日が反射しているガラス張りのショウルー
ムに尾崎自動車と書いてある。車は見あたらない。大
きな倉庫のような建物がある。赤い平べったい車もあ
の中に入っているのだろうか。力強い青の背中。あの
男、朝日も似合っていたが夕日がまた似合っている。
青い背中とオレンジ色の夕日が同化しているようだ。
まるでスローモーションのように男が振り向く。私が
ここにいるのを知っていたかのように。さわやかな笑
顔で片手をあげてくる。

「やあ」

　遠い、あまりに遠い。それでも男の声は私にはっき
り届いた。私は夢中で手を振った。腕がちぎれて飛ん
でいってしまいそうになるほど力いっぱい手を振った。
それだけだ。遠い。どうしようもなく遠かった。バス
が私の視界を遮った。まるで悪魔のいたずらのように、
ゆっくり、ゆっくり走るバス。バスが残した黒煙の向
こうにあったのは笑顔ではなく背中。疵だらけの、背

中。あの男、朝日より夕日、そして闇夜はもっと似合うだろう。私はしゃがみこんでしまいそうな足に力を込めて歩き出した。あんな背中をいつまでも見ていたら死ぬのが嫌になってしまいそうだ。だけどよかった。一日の終わり、人生のラストシーンであんな男に出会えたことがうれしかった。

　私は闇の中にいた。あの頃と同じように、ひとりぽっちで。

　海から生まれた太陽、街に沈む夕日。今日一日ずっと太陽を見てきた。待っていた闇、たどり着いた死に場所。あとは死神が迎えに来れば総てが終わる。

　ガードレールに腰をかけ横切るヘッドライトを眼で追った。長い直線が続くこの道路、ふだん100キロ以上出している車をよく見かけるがこんな時に限ってどの車も安全運転をしている。まさか飛び込み自殺を警戒しているわけでもないだろう。時間を気にする必要はなかった。死ぬこと以外にやることはないのだから。ひとつ、思いついた。花を買っておけばよかった。交通事故死亡現場ではよく花を見かける。私が死んでも花を手向けてくれる人はいない。自分で持っておけば、と思ったから。棘のある花がいい。棘を握っておけば

車にぶつかった衝撃でも花が私から離れないかもしれない。買いに行こうかと考え、やめた。大男の顔を思い出した。あの男の花を私の血で汚すことはできない。派手なエンジン音が轟いた。右手側、150メートルくらいの信号が青に変わる。2台の車が飛び出した。暴走族ではなく走り屋と呼ばれる連中だ。迫る、ヘッドライト。ガードレールから腰をあげかけた時、後ろに気配を感じた。

「何を待っている？」

　振り返ると闇の中に影がひとつ立っていた。

「死神よ」

　自分の声が爆音にかき消された。背中に感じる風圧、2台の車が私の後ろをあっという間に走り去った。100キロどころではなくもっと出していただろう。ゼロヨンでもやっていたのかもしれない。ポケットから煙草を出すと影が一歩近づいてきた。希望という名の煙草に火をつけてくれたのはサングラスの男だった。ライターの炎で男の顔が闇に浮かんだ。30を過ぎたくらいだろうか。肌が白い。きっと闇が深いからそう見えるのだろう。そして私がこれから行こうとしているのはもっと暗いところだ。

「車に飛び込むつもりだったのかい？」

「なぜ邪魔をしたの？」

　この男は邪魔をしていない。ただ立っているだけだ。

「道路が血まみれになるぜ。車もな」

「闇が隠してくれるわ」

　私はずっと闇に護られてきた。闇だけが私の味方だった。その闇を終わらせようとした。闇を、消そうとしていた。サングラスの男。なぜだろう、初めて会ったのに懐かしい気がする。無表情の顔は私に向いている。だけどサングラスの奥の瞳は私よりずっと遠いところを見ているような気がする。

「いちばんの望みは分かった。他に望みはあるのかい？」

「花が欲しいわ」

　闇が動いた。男の無表情が崩れる。鮮やかな、笑顔。膝が折れそうになった。同じだ。朝日を背負って現われ、夕日に沈んでいった青の男。顔は似ていない。年格好も違う。なのに同じだ。何もない、生まれたての赤ん坊のようなまっ白な笑顔。こんな男がまだいたのか。

「探しに行こうか」

　背を向け歩き始めた男。煙草を捨てた私は男の背中を追っていた。なぜだろう、疲れきったはずの足が勝

手に進んでいく。男の背中に引き寄せられていく。懐かしい匂いのする背中。私は振り返らなかった。あの場所で死ぬはずだった。離れていく。死が遠ざかっていく。どうということでもなかった。時間を気にする必要はないのだから。

　歩きながら考えた。この闇の中でなぜ男の顔がはっきり見えたのだろう。暗くはない。ここは都会。街のあかりやヘッドライトが賑やかに踊っている。闇は私の心の中だけなのかもしれない。前を行く男は５月だというのに革ジャンパーを着ている。私と、同じように。背は私より少し高いくらいだ。一度も振り返らず歩いて行く。無言だった。

　どれくらい歩いたのか。男が背の高いビルに入っていく。花屋には見えなかったが私も続いた。自動扉をくぐったところにスーツを着た男が立っていた。その男、私を観察するでもなくただ立っているだけだがふつうのサラリーマンとは違う。危険な匂いがスーツからはみ出している。別の男がエレベーターの扉を開けて待っていた。サングラスに続いてエレベーターに乗り込む。スーツの男も、扉を開けて待っていた男も乗ってこない。扉が閉まり動き出す。どこかへ浮かんでいくような気がした。

「麻雀は打てるかい？」

　サングラスの男が久し振りに声を出した。

「マージャン？」

　その単語はきいたことがあるような気もするが、うてる、とはどういうことなのだろう。打つ、あるいは、撃つ、なのか。

「１から９までが３種類。東・南・西・北・白・發・中。それを３枚ずつ集める。何か質問は？」

　ゲームなのだろうか。それなら博打を打つ、の打つだ。しかしそんな説明で分かるわけがない。質問は？と言われてもたぶん何をきいても何も分かりはしないだろう。それでも私はひとつだけきいてみた。

「何を賭けるの？」

「勝てば金が手に入る。負ければ終わりさ」

　何が終わるとは言わなかったがなんとなく分かった。この男の望みはお金だけじゃない、そんな気もした。それに殺されるのは私の望みでもない。エレベーターが停まった。16階。扉が開く。男と女が待っていた。女が手に持った棒のような物をサングラスの男の周りで動かしている。私も同じことをされた。スーツの女、香水の匂いがきつい。それは染み付いた血の匂いを隠すためなのか。エレベーターのいちばん近くの部屋、

　男が重そうな扉を開けた。何の看板も出ていない。店でもオフィスでもないようだ。中に入ったところにデスクがあり、眼鏡をかけた女が座っている。書類とペンを渡された。女がサインするところを指示してくる。アクセントが違う。日本人ではないようだ。数枚の紙にサインしている時写真を撮られた。紙には何か書いてあったが読まなかった。外国語だ。分かりはしない。何が書いてあろうが知ったことではない。そして不思議なことに、引き返そうとはちっとも思わなかった。

　広い部屋の中央に四角いテーブルがあり、老人と老婦人が向き合って座っている。ただのテーブルではなく何か仕掛けがあるようだ。サングラスの男が奥の椅子を引いたので私も余った席に座った。テーブルの上には小さな黒いブロックがたくさん並んでいる。テーブルの周り、私たちを囲むように長いソファーがあるが今は誰も座っていない。ボーイが４人立っているだけだ。全員スーツを着て左胸のところが脹らんでいる。拳銃を吊ってあるのだろう。あるぞという威しなのか。隠しても隠しきれていない、つまりたいして慣れてないのか。ひとりの銃を奪い残りの連中と撃ち合う。私が見ただけで男は７人いた。他にもいるかもしれない。弾が足りないが撃ち倒した相手からまた銃を奪えばい

い。昔、古書店で銃や武器の雑誌を見たことがある。それだけだ。使ったことはない。だから狙ったところにあたるとは思えないが、どこにあたってどうなろうが知ったことではない。だが今それをやるつもりはない。私はこのサングラスの男を見てみたい。私はあの場所で死神を待っていた。現われたこの男が死神だとは思えない。死神は見たことないけどあんな笑顔が死神のはずがない。天使でもない。あなたは一体何者なの？　私を道連れにここで死のうとしているのではない。お金だけが目的でもない。分かるのはそれだけだ。私にはこの男が視えない。会ったばかりの男、視えなくて当然だ。会ったばかりなのに懐かしい匂いのする男。私はこの男を見てみたい。ここで何をしてどんな結末を迎えるのか、それを見てみたい。受付でサインした紙切れ、あれは私の命の代金なのだろう。負ければ換金され勝者とこの組織に分配される、そんな仕組か。人ひとりにどのくらいの値が付くのだろう。そんなことが許されるのか。私は戸籍も未来も何もない女。そんな私にも他の人と同じ値が付くのだろうか。どうでもいい。だが私が死ねばあのふたり、人生に希望を失った老夫婦という仮面を付けたふたりが喜ぶのか。それは嫌だ。私は死のうとしていた。だけど私の命で

他人が潤うのは許せない。私はただ消えるだけ、何も残さない。そう決めていた。私はマージャンというゲームを知らない。ひとりで勝てるはずもない。このサングラスの男に託すしかないのか。そう、預けてみよう。捨てる直前に邪魔をされたのだ。責任をとってもらおう。

「席はそれでよろしいでしょうか？」

　ボーイの声に老人とサングラスの男が頷いた。老夫婦とサングラスの男が黒いブロックをテーブルのまん中の穴に落とし始めた。

「麻雀牌を落としてくれ」

　無表情のサングラスが声を出したので私も3人を真似た。これがマージャン牌か。裏は黒いが表には何か書いてある。全部を落とすと老人が中央のボタンを押した。何やら音がしてマージャン牌が並んであがってきた。2段ずつ、4人の前に同じように積まれている。老人がテーブルのボタンを押すと、中央のガラスケースの中のふたつのサイコロが回った。出た目は2と3。もう一度ボタンを押す。2と5。老婦人が東と書かれた小さなプレートを自分の右手側に置き、サイコロのボタンを押した。4と5。自分の前のマージャン牌を1枚裏返す。南という字が書いてある。老婦人は4枚

49

マージャン牌を取り、自分の前に立てている。サングラスの男も４枚持っていき、老人も同じようにした。次は私の番か。ゆっくり手を伸ばしてマージャン牌を４枚掴む。誰も文句を言わない。自分の前に立てる。老婦人がまた４枚持っていった。同じように３周回って12枚のマージャン牌が私の前に並んだ。老婦人が半端なところから２枚持っていった。サングラスが１枚、老人も１枚。私はどうすればいいのだろう。１枚掴む。

「これでいいのかしら？」

「はい」

　背後からボーイの声がきこえた。サイコロを回した老婦人が14枚、あとの３人は13枚。

　私のところに集まったマージャン牌。エレベーターの中でのサングラスの言葉を思い出した。

「１から９までが３種類。東・南・西・北・白・發・中。それを３枚ずつ集める」

　３種類のうち丸いのと漢字のは分かる。だがこの棒みたいのは何だろう。３・４・９は分かる。これが８？この鳥みたいなのが１なのか？　何も書いてないのが白で、これが發か。初めて見る字だ。チュンはどれだ

ろう。老婦人が14枚の内から１枚捨てた。サングラス
の男が山から１枚取って14枚にしてから１枚捨てる。
老人も同じだった。私も山から１枚持ってきた。それ
が中だった。数のより字の牌が気に入った。🎋を捨
てる。最初は４人の前に同じ数ずつ牌が積まれていた。
17が２段で総数は136。１から９が３種類、字のが７
種類。つまり同じ牌は４枚という計算になる。１枚持
ってきて１枚捨てる。それを何度か繰り返した。何だ
ろう、この感じ。危険。肉食獣が獲物を狙っている。
老人が、静かに私を狙っている。

「ポン」

　サングラスの男が声を出した。老婦人が捨てた中
を拾いあげ自分の右手側にさらした。

　自分のを２枚、そして老婦人が捨てたのだけ横向き
に置いている。同じのが２枚あれば他人が捨てたのを
貰えるのか。

「ロン」

　私が🀁を捨てると、サングラスが自分の牌を倒した。
それと同時に肉食獣の気配も消えた。

「中、ドラ2。3900点」

　サングラスの男がゆっくり指を3本立てた。数字の
牌は同じのを3枚でも順番に3枚でもいいようだ。2・
3とあれば1でも4でもいいということか。それなら
有効な牌は8枚ある。[三萬]・[四萬]とあれば必要なのは[三萬]
だが、[三萬]が誰かのところに固まってしまったら苦しい。
順番に3枚より、同じのを3枚のほうが確率的には難
しいはずだ。ゲームというのは難しいことをやったほ
うが得点が高いような気がする。不思議だった。マー
ジャンを理解しようとしている自分がおかしかった。
ボーイが私のおなかのところの引き出しから小さな棒
を1本取ってサングラスの男に渡し、サングラスが2
本返してきた。煙草より細く、丸い小さな点が書いて
ある棒だが3本とも種類が違う。3900点と言っていた。
それならボーイが渡したのが5000点で、返ってきたの
が1000点と100点ということになる。私のところに10
本あるのが100点、4本あるのが1000点。そう見当を
つけた。サングラスの男、2対2の戦いで味方から点
を奪った。なんとなく分かる。老人もあがる準備がで
きていた。それを、阻止した。私の点がサングラスの

52

引き出しに移るだけならプラスマイナスゼロ。誰も2
対2だと言ってない。トップだけ生き残りかもしれな
い。だけど、分かる。この男は私の敵じゃない。会っ
たばかりの男、会った瞬間から感じていた。懐かしい
匂い。暗闇の、匂い。この男は私に何を求めているの
だろう。マージャンというこのゲーム、どれくらいの
時間がかかりどんな終わりかたをするのか。そのなか
で私にルールを覚えさせ戦力として使おうとしている
のか。生き残り、お金を得るのが目的なのか。ちがう、
この男は私に何も求めていない。私と同じ匂いのする
男、たぶんどうでもいいのだ。この男がどんな理由で
ここにいるのか知らない。知りたいとも思わない。そ
れと同じように、私がここで何をしようがこのサング
ラスの男にとってはどうでもいいのだ。生きたいのか
そうでないのか、それさえどうでもいい男。そんな男
の足を引っ張るわけにはいかない。私に何ができる？
私にできること、とにかく集中するだけだ。

　サングラスの男がサイコロを回し、マージャン牌を
1枚裏返す。 三萬 。

「ドラは四萬(スーワン)か」

　私に教えるようでもなくただ低く呟いてマージャン
牌を4枚持っていった。さっきと同じように4人が順

番に持っていく。今度はサングラスの男が14枚。そう、ドラだ。山の中で1枚だけ表になっている牌。

<ruby>中<rt>チュン</rt></ruby>
「中、ドラ2。3900点」

　そう言った。あの時山の中で表になっていたのが[南]。東南西北で南の次の西が手の内に2枚あった。今、表になっているのが[三萬]でドラが[西]だということは山の中で表になった次の牌がドラ。それが得点に関係あるのは分かったがドラは4枚しかない。他にも役というのがあるはずだ。[中]。4枚ある内の3枚を集める役。2枚あれば他人が捨てたのを貰えるようだ。当然、[　]と[發]も同じように使えるはずだ。[東][南][西][北]はどうだろう。老婦人の右手側に置いてあるプレートが[東]。[東]は使えそうだが……。ゲームでミスをすればペナルティーがあるだろう。点数的なことなのか。一度のミスで反則負け、というほどのことはないとは思うがサングラスの邪魔をしたくない。点を獲りにはいけない。サングラスの鮮やかな手捌き、老人と老婦人は当然私を狙ってくるはずだ。点を獲られないようにする。できるとは思えないがやるしかない。

　牌を山から1枚持ってきて、1枚捨てる。ゲームは

54

静かに進んでいく。私は何も知らない。他の3人の真似をして牌を持ってくるのだが、捨てる牌は自分で選ぶしかない。老人と老婦人の眼にはどう映っているのだろう。マージャンのルールを知らない人間がこんなところに来ることに対して疑念を持っているのだろうか。ふたりとも私とサングラスの顔を一度も見ようとしない。どちらも70前後か。生き抜いてここまできたのだ。場数は踏んでいる。殺す相手のことなどどうでもいいのかもしれない。

「ツモ」

　サングラスの男が静かに牌を倒した。

「ツモ、ピンフ、ドラ1。安目だな。1300オール」

　指を3本立てている。安目？　ドラなのに安目なのか。あの形、ならではなくでもいいはずだ。

のほうが点が高いということだ。3枚ずつが4組と、2枚。全部が1か9という端っこにかかっている。この役がドラ1枚より点が高い。1300オールか。私は引き出しから棒を4本選んでボーイに見せた。

「はい」

　短い返事がきこえた。合っていた。最初にボーイが
サングラスに渡したのが5000点で、それはもう１本残
っている。あといちばん立派なのが10000点か。最初
は25000点あったのが19800点になった。今のサング
ラスのあがりで私たちのチームが2600点リードしたこと
になるが、もっと高い点のあがりがありそうだし、ま
だほんの序盤といった感じだ。

「１本場」

　サングラスが声を出して100点の棒を自分の右手側
に置き、サイコロのボタンを押した。昔、ずっと昔学
校という名の施設にいた時、トランプというゲームを
やった。ゲームには親と子がいる。マージャンではサ
イコロを回す者が親。老婦人から始まって反時計回り、
親であがれば連続して親をやれる。親には当然メリッ
トがあるはずだ。ふつうに考えれば点数的なことだが
１回目と２回目のサングラスのあがり、どちらも指を
３本立てて3900点だった。２回目の時は親だったのに。
役によって点が高い・低いがあるのかもしれない。単
純に指１本が1300点ではないのだろう。

「ポン」

　その単語をきくのは二度目だ。老人が捨てた🀄を

老婦人が持っていった。

「ポン」

　今度も老人が捨てた牌を老婦人が持っていく。、ドラだ。3900点以上が確定したことになる。味方をサポートして手を作らせ最後は敵からあがる。チーム戦での当然の戦略だ。表情や仕草であらかじめサインを決めておく。長年組んできたのならそんなことしなくても相手の気持ちくらい分かるのだろう。このふたり、本物の夫婦かどうかは知らないが息は合っている。生きるも死ぬも同じ道を歩いてきたパートナーというやつだ。嫌な気がした。老婦人の手ができている。

「ロン」

　サングラスが出した八萬に、老婦人が手を倒した。

「發、ドラ３。満貫」

「安目だな」

　サングラスが独り言のように呟いた。

「満貫が8000、１本場で8300点」

　サングラスが老婦人に点の棒を渡した。8300点。ドラ２が3900点だった。指３本が４本になると得点が倍になるのか。サングラスがテーブルに出してい

た自分の100点をしまった。1本場で300点。このマージャンというゲームで300点というのが大きいのかそうでないのか分からないが当然頭に入れておく必要がある。安目と言っていた。

3枚が4組と、2枚。あの形なら九萬でもあがれる。七萬九萬九萬九萬より八萬八萬八萬九萬九萬のほうが点が高いのか。順番に3枚より同じのを3枚のほうが確率的に難しい。同じのを3枚4組集めたら何点になるのだろう。ポンをして人から貰うより自分だけで集めたらもっと高くなりそうだ。サングラスの男、安目だと分かって七萬を出したのか。私が九萬を出すよりは、と考えてのことだろう。裏返しのマージャン牌、他人の手が透けて見えることはないが、牌の捨てかたや目線などから上級者ならある程度推測できるのかもしれない。しかしこのゲーム、2対2の戦いではない。互いを理解したパートナーなら2以上の力になるし、サングラスの男は私という荷物を抱えている。だけど、それでもこの男が負けるとは思わない。私も殺されるつもりはない。死にかたと死に場所くらい、自分で決める。

　静かにゲームは進んでいく。余計な会話は一切なか

った。時々きこえるのはマージャン用語と牌が触れ合う小さな音だけ。こんなに近くにいるのに互いの息遣いもきこえない。誰も煙草を吸わない。私も欲しいとは思わなかった。静かにゲームは進んでいく。これは、どこに向かっているのだろう。

「テンパイ」

老人が手を倒した。

あがる準備ができている。これをテンパイというのか。だが嫌な感じはしなかった。私が狙われなかったということか。

「ノーテン」

サングラスが手を伏せたので私もそうした。老婦人も牌を伏せている。ドラ表示を含め牌は14枚残っている。サングラスと老婦人が1000点の棒を老人に渡すのを見て私も引き出しから1000点を出した。テンパイしなかったペナルティーということか。老人が100点の棒を出し、サイコロを回した。親が続けられるようだ。老人がドラ表示牌をめくる。中が出た。│、發、中の順番で│がドラということになる。中が１枚見えているから中は残り３枚とは限らない。全部の牌を使

59

わない。最後に14枚残した。その14枚に中が全部埋もれてしまう可能性もある。136枚の牌の並びは毎回違う。その組み合わせは数えきれないほどあるだろう。その136枚、どこから使うかは親が振るふたつのサイコロが決める。どんなことが起きても不思議ではない。このゲーム、無限の可能性を秘めている。気の合う仲間と遊べばおもしろいだろう。そんなの、いなかった。考えたこともなかった。私は18年も何をしてきたのだろう。ただ生きてきた。そんなのを本当に生きたというのだろうか。

「チー」

　サングラスの声がきこえた。初めてきく単語だ。自分の前に立ててある牌を2枚倒す。七萬と九萬。老婦人が捨てた八萬を拾いあげ、七萬と九萬の間に横向きに入れ右手側にさらした。

七萬 八萬 九萬

　順番に3枚の組でも他人が捨てた牌を貰える。だが同じのを貰う時のポンとは違う。サングラスが老婦人の中をポンした時、貰った中を左に置いて横向きにした。

誰から貰ったかを示す意味だと思った。私からなら
まん中、老人からなら右側に横向きにして置く。たぶ
んそうだ。老婦人が老人の牌を貰った時はまん中だっ
た。だけどこのチーというのは……。
「ポン」
　老人が出した■をサングラスが拾い、それを右側
に横向きにした。

やっぱりそうだ。ポンは誰からでもすることができ
るがチーというのは自分の左側の人からしかできない。
■■■で■を貰ったら■■■、■を貰えば■■
■にしてさらす。誰が何を捨てたかをはっきり残し
ておくためだ。そうか。自分が一度捨てたのと同じ牌
では他人からあがることはできない。たぶんそういう
ことだ。老人と老婦人が捨てたのと同じ牌を手元に残
しておき、危険を感じたらそれを出してしのぐ。それ
ならできそうだ。
「ツモ。高目(たかめ)だ」
　サングラスの男が手を開いた。

「ホンイツ、イッツー、北、ドラ2。ハネ満の1本場で6100、3100」

　ホンイツで2本、イッツーと北は1本ずつ指を立てている。6本、ハネマン。今まででいちばん大きなあがり。高目か。あの形なら一萬・四筒・七萬があがり牌だが一萬なら一から九までがストレートで揃う。それがイッツーなのだろう。ホンイツというのは3種類の数の牌の内の1種類と字の牌を混ぜて使う、そんな役か。今老人が親で反時計回りだと私が南、老婦人が西、サングラスが北。それも役になるのか。自分で一萬を取ったのにツモが付かない。八筒と北、他人から貰ったのがある時はツモが付かない。ひとつ、気づいた。老婦人が一萬を出している。サングラスはそれであがらなかった。直撃すれば私の分の点も老婦人から貰えるのに。老婦人の前に私が四筒を出している。それに合わせるように老婦人が一萬を出した。サングラスはそれであがらなかった。私のを見逃して老婦人からあがることはできないのか。同じ周では、ということだ

62

ろう。私は老婦人に利用された。私が、サングラスの足を引っ張っている。不思議な感じだった。何だろう、これは。久しく忘れていた胸の高ぶり。私はたぶん楽しいのだ。サングラスの男が私にマージャンを教えてくれている。いっしょに、戦っている。こんな殺し合いの状況なのに楽しいのだ。ずっとひとりだった。闇の中をひとりで生きてきた。今私はひとりじゃない。パートナーがいる。無表情のサングラスに3100点を渡す。ほんの少しだけ、指先が触れ合った。あたたかくもつめたくもない指。私と同じ温度の指。私はあの場所で死神を待っていた。猛スピードの車、あれが死神だと思った。この男が現われなければ私はあれに飛びこんでいたのだろうか。私はなぜ死のうとしていたのだろう。世の中の総てに絶望したから？　世の中の総てって何？　私はマージャンのルールさえ知らないのに。自分と同じ温度の男がいることも知らなかったのに。

「サイコロを回してくれ」

　サングラスの声がきこえた。私に親が回ってきたようだ。ボタンを押すと透明なケースの中でふたつのサイコロが回った。2と5。自分から数えて7はサングラスのところだ。手を伸ばし、山を崩さないように慎

重にドラ表示をめくる。🀅。そのまま４枚掴む。４枚を３回と２枚で14枚。親か。老人か老婦人がツモあがりをすれば親は子の２倍点を払わなければならない。防ぎようがない。だからそれは考えない。直撃されないようにする、それだけだ。

　私が親になってひと回りということだが、これで終わりという空気ではない。４人のボーイたち、緊張はしているがそれほど切迫していない。私の後ろに立っているボーイ、１メートルくらいの距離か。私はスーツの内を探るのには慣れている。何かきくふりをして身を乗り出したところを狙えば一瞬で銃を手に入れることができるが、今やるつもりはない。４人のボーイたち、全員若い。下のロビーにいた男がいちばん手強そうだがボスというわけではないだろう。そこそこの組織のような気がする。感じる、危険。

「リーチ」

　老人が捨てた牌を横向きに置き、1000点の棒を出した。リーチ、その言葉はパチンコ店できいたことがある。あがる準備ができているということだろう。なぜそれを宣言する？　つまりリーチというのは役で、点が高くなる。私の手の内には🀂・🀀・🀄が老人用に残してある。🀂を捨てる。ここまで見てきて字の牌

が序盤に捨てられることが多い。

（牌の並び）

（牌の並び）

　こんなのがテンパイの形だった。字の牌であがることはできないのか。たぶんそうではない。（牌）や（中）だけで待つこともできるはずだ。数字牌の待ちよりは確率が低い。だからこそ狙ってもくるだろう。とりあえず私の手の内には安全なのが残してある。

「ロン」

　私が出した（牌）にサングラスが手を倒した。

（牌の並び）

「ピンフだけ。1000点」

　さっきもそうだった。この男、気配がない。老人と老婦人がテンパイすれば素人の私にもなんとなく分かる。だけどこの男は……。無表情のサングラスに5000点の棒を渡した。意識した。棒のいちばん端を持って手を伸ばした。サングラスの男、慎重に反対の端を掴んでゆっくり持っていった。触れ合うことない指先。そして無表情のままお釣りを返してくる。サングラス

は老人がリーチの時に出した1000点も拾っていった。もしリーチをした老人がツモあがりをしていたら親の私はたくさん点を獲られていただろう。この男が護ってくれた。私はずっと闇の中で生きていた。闇に護られひとりで生きてきた。初めて会ったのに懐かしい匂いがする男。この男、闇なのか。闇そのものか。私は今、その闇に包まれている。

　老婦人が東と書かれた小さなプレートを裏返した。南。表が東で裏が南、それだけのプレート。つまり親は２回ずつでゲームは半分終わったことになる。残りの半分が終わればふたつの命が消える、そんな雰囲気ではない。老人も老婦人も落ち着いた穏やかな顔をしている。だがそれは仮面。本当の顔を見せないように、そして血の匂いを隠しておくための仮面。それを剥がしてやろうとは思わない。このふたりが何者だろうが知ったことではない。だが自分たちが潤うために私の血を欲するのならためらいはない。容赦なく、殺す。

「ツモ」

　サングラスが手を倒した。やっぱり何の気配もなかった。

66

「ホンイツ、イッツー、ツモ、ハネ満。6000、3000」

　ホンイツで３本、イッツーで２本指を立てる。さっきと違う。

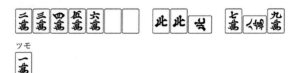

　この時はホンイツが２本でイッツーが１本だった。他人から貰うのではなく自分だけで作ったほうが点が高い。当然のことだ。此も付かない。それにしても今まででいちばんきれいなあがり。こんなのなら間違いはない。私にもできそうだ。

　サングラスの男がサイコロを回し、ドラ表示を裏返した。牌を取って並べる。総ての動作に無駄がない。鮮やかな手捌き。この男はいつもこんな殺し合いのマージャンをやっているのだろうか。それとも気の合う仲間と遊んでいるのか。私と同じ温度のこの男、どんなともだちがいるのだろう。ともだちと遊ぶ時はもっと笑ったりするのか。いつも何を食べているのだろう。趣味なんてあるのだろうか。星は好きなのか。知りたい。サングラスの奥の瞳はどんな色をしているの？いつもどんな夢をみるのか。危険。老人の手ができて

いる。嫌な気がする。老人の表情に変化はない。風も
動かない。それでも感じる。危険。止めなければ。だ
けど、私には、何もできない。

「ツモ」

　老人の表情は動かない。その声までもが無表情だっ
た。

一萬 一萬 二萬 二萬 三萬 三萬 四萬 四萬 六萬 六萬 七萬 七萬 九萬 　九萬

　なに、それ？　３枚ずつじゃないの？　サングラス
の顔を見た。

「チートイツは２枚ずつ集める特殊役だ。チンイツが
６本、チートイツにツモ。バイ満は8000、4000だな」

　サングラスが無表情のまま長い説明をしてくれた。
親はサングラスだ。8000点も獲られるのか。私の点は
10000を割った。トータルでも逆転された。

「ラス前です」

　ボーイの無感情な声がきこえた。終わりが近づいて
きている、それが理解できた。何時頃だろう。星のな
い建物の中では時間の感覚が分かりにくい。昔、ずっ
と昔腕時計を盗んだことがある。自分の手首に巻くの
ではなく古書店のおじさんに買い取ってもらうためだ
った。あれはいくらになったのだろう。思い出せない。

時計では過去も未来も計ることはできない。時計、私には必要のない物。時間に縛られたことはない。食べたい時に好きなだけ食べ、眠りたい時に眠る。私は自由だった。何からも支配されたことはなかった。無表情のサングラス、この男も腕時計をしていない。私と同じように革ジャンパーを着ている。5月、夜外で眠るにはジャンパーが必要な季節。初めて会ったのに懐かしい匂いのする男。朝日でも夕日でもなくただ夜の中でだけ生きる男。月よりも星、天に散らばる無数の星が似合う男。ウォッカは好きなのだろうか。無表情のままパンやケーキを食べるのか。たぶん、私はそうだった。暗闇の中、いつもひとりでパンを食べていた。楽しんだことなんてなかった。ただ生きるためにパンを食べていた。決めた。今、決めた。今度パンを食べる時は笑おう。誰よりも笑おう。今度っていつ？　そんな時が来るの？

「ポン」

　老婦人が動いた。何も感じない。逃げたいのか向かっていこうとしているのか、ただ跪いてるだけなのか。私には分からない。

「リーチ」

「ロン」

サングラスが横向きに置いたに老婦人が手を倒した。

 ドラ

🀆 🀇 🀈 🀈 🀉 🀉 🀊 🀋 🀌 🀍　　🀁 🀁 🀫

🀁、ドラ1。素人の私から見てもったいないあがり。ホンイツにすれば点が4倍になったのに。老婦人はまだ手を作ってる途中だったのかもしれない。だから私は気配を感じなかったのか。もし漢数字の牌が入れば広い受けになるし、ドラが絡めばもっと点が高くなる。あがるつもりはなかったがサングラスのリーチに反応してしまった。もしかするとサングラスのリーチはテンパイしてなかったかもしれない。老婦人の手を見切って誘った。無表情のサングラス。この男、殺しにかかっている。

「オーラスです」

　緊迫したボーイの声。もうすぐふたつの命が消える。それがはっきり伝わってきた。4人のボーイたち、ふつうの会社員とは違う。死肉に群がるハイエナたち。ここで得たお金で恋人とケーキを食べたり指環をプレゼントしたりするのか。老人と老婦人、変わらぬ穏やかな顔をしている。もしかするとそれは仮面ではないのかもしれない。このふたりの目的は何なのか。生き

続けるためにこの場にいるのではないのか。どうでも
いい。知ったことではない。私は何でこんなところに
いるのだろう。あかるい照明、様々な欲望。ここは私
の居場所ではない。おなかが空いた。何も、食べたく
ない。ウォッカが飲みたい。ウォッカも煙草も欲しく
ない。マージャンテーブルを挟んで向かい合っている
男と眼が合った。サングラスに隠された瞳。感じる。
私を見ている。私を、まっすぐ見てくれている。あな
たの望みはなに？　私は何をすればいいの？　サング
ラスの無表情が、崩れる。

「サイコロを回してくれ」

　さわやかな笑顔。私の心をゆさぶる笑顔。死を覚悟
した笑顔ではない。ただ私のために笑ってくれた。会
った瞬間から分かっていた。この男の背中も疵だらけ
だ。私はその背中を見ながらここに来た。もっと見て
いたい。明日も、その次の夜も。この男を死なせたく
ない。まだ名も知らぬこの男を守りたい。サイコロの
ボタンを押す。回るふたつのサイコロ。永遠に回り続
けることはない。いつかはとまる。サイコロも、人の
命も。3と6。自分の前の列からドラ表示をめくり、
4枚持ってくる。だいぶ慣れてきた。他の3人と同じ
速さで牌を並べることができるようになってきた。私

71

のところに集まった14枚。を捨てる。

「チー」

　老婦人がそれを拾った。トータルで老夫婦がリード
している。高い点は必要ない。何でもいいからあがれ
ば勝ち、そんな状況は理解できる。彼女は勝ちに向か
っているのか。サングラスと私を殺しにかかっている
のか。

　コンクリートの建物の中、暑さも寒さも感じない。
サイドテーブルにはグラスと水差しが置いてあるが欲
しいとは思わない。山の水がいい。清流の水を手で掬
って飲みたい。水を浴び、星を見たい。つめたくてあ
たたかな星たちに包まれたい。いつだったか、人を殺
したことがある。手が血まみれになった。全身が、心
まで血まみれになった。消えることのない血の匂い。
花が欲しかった。香りの強い花がいい。一瞬だけでも
血の匂いを紛らわせてくれる、そんな花が欲しかった。
私はまともな教育を受けていない。それでも戦争とい
う過去は知っている。過去ではない。今もどこかで人
と人が殺し合っている。自分の欲望のために恨みもな
い相手を殺す。今私はそんなことをやろうとしている。
何かが近づいてくる。姿は見えない。音も、しない。
だけどそれは確実に近づいてくる。誰も逃げ出さない。

72

私の正面に座っているサングラス。動かぬ、無表情。
こんなに近くにいるのに息遣いはきこえない。こんな
に近くにいるのに心が視えない。きっと今の私の顔に
も表情はないのだろう。

「ロン」

　ずいぶん遠くから自分の声がきこえてきた。老婦人
が中を出している。私の初めてのあがり。その血の
色の牌は私にお似合いだ。ゆっくり牌を倒す。

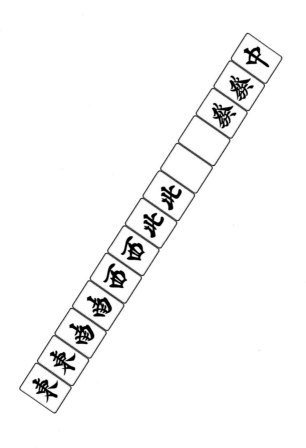

　誰も何も言わない。

「２枚ずつでもいいんでしょう？」

　点数は分からないが結構高そうだ。一瞬、老人と視線がぶつかった。見憶えのある瞳。病院で会った92才の老人と同じ光を湛えている。この老人も死を望んでいたのか。この場所で、死神を待っていたのか。静かに立ちあがった老人がサングラスの後ろを通り、老婦人の傍に立った。小さく頭を下げた老婦人がゆっくり立ちあがる。なに？　まだ私の親よ。

「ラス親はあがり止めができます」

　ボーイの声がきこえた。４人のボーイに囲まれた老夫婦、ゆっくり歩いていく。まるで午後の散歩に出かけるような穏やかな後ろ姿だと思った。奥の扉、ボーイは背を押さない。ふたり並んで入っていく。重そうな扉が閉まると誰も見えなくなった。音もきこえない。あの扉の向こうで切り刻まれることはないだろう。それではお金にならない。あのふたりの命がどう使われるのか見当もつかない。だけどふたりを扉の向こうに送りこんだのは私だった。私の正面にサングラスの無表情はなかった。少し離れたところの花瓶を覗いている。花が欲しい、そう言ったのがずいぶん昔だったような気がする。だけど、ちがう。私が欲しかったのは

75

そんな花じゃない。花をあきらめたサングラスが近づいてくる。

「どの花も匂いがしないんだよ」

　無表情なのにさみしげな声。ここから見ても造花だということが分かる。永遠の命、それも残酷だ。腰をあげ、サングラスの背を追った。疵だらけの背中、またひとつ疵が増えたような気がする。デスクに事務員の姿はなかった。バッグがふたつ置いてある。ひとつずつ手にしてサングラスが開けた扉をくぐる。エレベーターが扉を開けて待っていた。誰もいない。ただ香水の匂いだけが残っている。サングラスがボタンを押すと扉が閉まり、エレベーターが動き出した。まるでどこかへ堕ちていくような気がした。どこか、深いところへ。殺した。手を汚さずに人を殺し、バッグ一杯のお金を手にした。バッグは重いのかそうでないのかよく分からない。人の命とはこんなものなのか。軽い。からだが少し軽くなった気がする。私の中の何かがなくなったのか。それは、魂なのか。ちがう。きっとおなかが空いているだけだ。息苦しい。立っているのがやっとだった。遠い。エレベーターに乗っている時間がやけに長く感じられた。

　音がしてエレベーターが停まった。静かに開く扉。

誰もいないロビー。私はサングラスの一歩後ろを歩い
た。サングラスの無表情は見たくなかったし、自分の
顔は絶対に見られたくなかった。分かってる。この男
は振り返らない。だから後ろを歩いた。これからどこ
へ行くのか。そんなの分かってる。私が行くところな
んて決まっている。自動扉が開き外に出る。

　そう、そこはやっぱり深い闇だった

DOCTOR DOCTOR

CAST　金井秀樹
　　　　黒木小百合
　　　　武藤
　　　　黒川

人は死ぬ。初めてそれを見たのは小学5年生の時だった。親父が死んだ。あんなにでかく、誰より強いと思っていた親父が死んだ。病院に見舞いに行ったのは二度だけで、親父はふつうに笑っていた。そして、あっさり死んだ。たいして苦しまなかった。それは周りの意見だ。死が苦しくないはずがない。つめたいからだ、線香と花の匂い、笑わない顔。焼かれ、骨になり、墓の下に眠る。親父を失くしたショックより俺は死という現実が恐ろしかった。自分が棺桶に入れられ焼かれる。そんなのは絶対に嫌だった。柔道場に通い始めた。強くなりたかった。死なないくらい、強くなりたかった。小学校高学年だ。人は死ぬ、そんなことは知っていた。それでも強くなりたかった。死の恐怖から少しでも逃避するために。医者になりたい。そう思うようになったのもその頃だった。医者になって病気の人を救おうと考えたのではなく、ただ自分を守りたかった。自分のためだけに、医者になりたかった。

　中学校の柔道部は退屈だった。1年生の俺が一番でかく、一番強かったからだ。町の道場で高校生や大人を相手にする、それがおもしろかった。めしもよく食ったし遺伝なのだろう。俺のからだはみるみるでかく

なっていった。

　春になり柔道部にも新入生がやってきた。政明とい
うそいつは俺と同じくらいでかく、そして強かった。
目標は最強、堂々と言い放った。中学入学と同時に引
っ越してきたということで小学生の大会では顔を合わ
せることはなかった。学校の部活がおもしろくなった。
90キロを超えていた俺が内股で飛ばされるのだ。もち
ろん投げ込みの練習でのことで、乱取りで投げられた
ことはない。奥襟を取って内股と大外刈りが得意とい
う俺と同じ柔道スタイルの政明と出会って自分の弱点
に気付いた。寝技。それまでは自分よりからだが小さ
い相手ばかりで、ただ乗れば勝ちというだけの寝技で
ろくに練習もしなかった。自分と同等の力量の相手で
は内股で1本を取れないこともある。試合で勝つため
には足技で崩し寝技に持ち込む技術も必要なのだ。そ
れでも一番の楽しみは政明との乱取りだった。組手争
いはしない。好きなところを持たせてやる。政明も同
じだ。そして、戦う。一瞬でも隙を見せればやられる。
隙など、作らない。他の部員たちも乱取りをしている。
接触することもある。構わない。よそ見などできない。
武道場の畳という戦場だった。俺たちは毎日ぶつかり
合った。強い奴がいる。それが、うれしかった。

毎週土曜日の部活が終わると政明の家に遊びに行っていた。親父さんにパチンコ、競艇、麻雀を教わった。麻雀が一番おもしろかった。麻雀は人と人との勝負だ。頭を使うがそれだけでは勝てない。それに、中学生の小遣いでも遊べる。麻雀を打っていると時間が経つのも忘れるくらい夢中になれた。

　俺は医学部を目指し高校は進学校を選んだ。もちろん柔道は続けた。3年生の夏、県大会重量級の決勝で政明と対戦した。柔道をやるために地元の工業高校に通っていた政明と月に二度は遊んでいたが、武道場の畳の上で向き合うのは久し振りだった。120キロの俺が内股でまともに飛ばされた。初めてのことだった。強い奴がいる、それは分かっていた。そいつは俺の親友だった。その夜、政明とふたりで飲み明かした。ビール100本、ウィスキー1本を空けた。高校生にそんな金があるはずもない。両親が旅行中の政明の家に用意してあった酒だ。語り合うでもなく、ただ騒ぎ冷蔵庫の中味を食い荒した。120キロと140キロが並んでキッチンに立ち、何か作った。それは料理と呼べる代物ではなくただの食い物だった。遠い昔、25年も前のことだが大切な青春の1ページとして俺の中に残っている。その翌日から俺は医学部に進むための受験勉強を

始めた。医者になりたい理由など、とうに忘れていた。

　2年連続インターハイ準優勝だった政明は3年の夏が終わると柔道をやめてしまった。大学や企業からの誘いを全て断わり、ふつうに就職した。柔道より大切なものをみつけたのだ。初めて紹介された時、俺は口を利くことができなかった。見たこともないほどかわいらしい女性だった。高校を卒業して1年でふたりは式を挙げた。新婚家庭に邪魔をするのは悪いと思いつつもたびたび招待を受けた。嫁さんの料理はうまかったし、3人麻雀も楽しかった。嫁さんは花が好きだった。花に囲まれて暮らしたい、そんな夢を語ってくれた。小さなアパート、玄関先に白いプランターが並べてあり、なでしこが可憐な花を咲かせていた。嫁さんの夢は政明の夢となった。誰かと夢を共有する、俺は考えたこともなかった。その頃の俺は家庭教師のアルバイトを掛け持ちする医大生で、一番の愉しみは夜ひとりでラジオから流れるジャズをききながらウィスキーを飲むことだった。大学生になってからジャズが好きになった。ウィスキーにはジャズが合う。ひとりの夜はジャズがいい。スリルとロマン溢れるジャズ。時にあつく、時にさみしげなジャズ。曲名は知らない。ただラジオから流れてくるジャズが好きだった。

政明と嫁さん、ふたりの結婚生活は２年で終わった。嫁さんが急に倒れた。病院に運び込まれた時はどうにもならない状態だった。２日後、政明の腕の中で息を引き取った。妊娠５ヶ月、小さな命は光を見ることなかった。医者はこの国に何人もいる。誰も、誰ひとり、どうすることもできなかった。何のための医学なのか。俺は何のために医者になろうとしているのか。有りったけの金を握り締め、俺は花屋に走った。この街の花、全部を買い集めたかった。そんなことしかできない自分が悔しかった。

　ひと抱えの花と共に病院に入った。地下の安置室の重たい扉を開ける。線香の匂いと冷えた空気。政明は嫁さんの手を握ったまま石のように動かなかった。つめたい、石のように。俺は叫び声をあげないように歯を喰いしばった。人は死ぬ。そんなことは分かっている。だがなぜこの女なのだ。悲しみと同じくらい怒りがあった。病気が憎かった。死が、憎かった。俺は医者になろうとしている。俺が医者になったところで病気をなくすことなどできはしない。人は死ぬ。分かっている。本当に、分かっているのか。医者なんてものが必要なのか？　俺は医者になるのか？　何のために？　誰の、ために。誰に問うことでもない。今さら

考えることでもない。目を背けることはできない。心を背けることなどできはしない。美しい顔に白い布を被せられた政明の嫁さん。石よりつめたく岩より動かぬ俺の親友。今ここにある現実。何もできない。時間を巻き戻すことなどできはしない。現実を消すことなど誰にもできはしない。ただつめたい時間だけが流れていく。

　泣いていたのか叫んでいたのか。たぶんどちらでもない。ただ時が過ぎただけだ。気付くと線香の匂いは花の香りに変わっていた。俺の手に、花束はなかった。

　医者というのは命を守る商売ではない。人の命とはもっと重いのだ。医者なんかが守れるものではない。せいぜい100年、宇宙の歴史の中ではほんの一瞬にも満たない小さな命。そして、宇宙なんかより遙かに重く尊い命。人は死ぬ。1分でも1秒でも引き延ばす手助けをする。医学とはその程度のものでしかないのか。俺は医者になるべきではなかったのかもしれない。坊主のほうが合っている。医者は目を閉じて手術をすることはできない。坊主なら、目を閉じてても送ってやれる。

時が流れ、いつの間にか40を過ぎていた。家に帰れ
ば女房、娘の笑顔が俺を待っている。3LDKの陽あた
りのいいマンション、トヨタの新車。娘をピアノ教室
に通わせることもできる。俺はひとつの職業として医
者を選んだのだ。この生活を守りたい、そんな自分の
欲望のために人のからだを切り裂く。たぶん俺は地獄
に堕ちるだろう。構わない。俺は生きている。家族を
愛している。だから医者であり続けねばならない。

　またひとり、殺した。俺がミスをしたわけではない。
たとえ神の手でもあの患者を救うことはできなかった
だろう。人は死ぬ。何度も看てきた。今日の患者は俺
の娘と同じ6歳の女の子だった。6歳でも死ぬ時は死
ぬ。何の罪もないのに終わる命。現代医学ではどうす
ることもできない病気、そんなのはいくらでもある。
俺はただの医者だった。何もできなかった。涙を流す
ことさえ許されぬただの医者だった。痛かった。俺は
どこにも傷はない。血も流れていない。それでも、ど
うしようもなく痛かった。痛みを感じられるうちは医
者を続けても許されるような気がした。
　ロッカールームで着替えを済ませた。手に付いた血
は洗えば流せる。鏡に映る自分と向き合う。人を殺し

た男の顔。6歳の女の子を助けられなかった俺の顔。こんなものを女房、娘に見せるわけにはいかない。酒を浴びれば眠れるだろう。だがあいにく俺は酒が大好物だった。酒を道具には使えない。

　病院の自動扉をくぐると歩いて駅に向かった。泣きだしそうな空、帰りには降られるかもしれないが雨に濡れるくらいどうということはない。切符を買って電車に乗る。金曜日のこの時間、車内は意外に空いていた。ふだん通勤には車を利用する。朝は女房に送ってもらい、タクシーで帰宅することが多い。朝夕のラッシュ時に電車に揺られることはあまりなかった。このでかいからだがいなければ3人は多く詰め込むことができるだろう。2区間で電車を降り、空を見あげた。暗い。日没ではなく、夏の終わりのぶ厚い雨雲のせいだった。速足で歩いた。すぐに汗が流れてくる。からだが重い。運動不足なのは分かっている。柔道をやめてからまともな運動はしていない。休日の朝ジョギングをするようになったのはほんの数年前だ。目的の場所に着いた時には汗まみれになっていた。甘い匂いに包まれながら階段をあがる。ポツリ、と頬を叩かれた。大粒の雨。たった1粒、それだけだ。ツイている。掌で頬を拭ってから〝ブルームーン〟の扉を開ける。

「いらっしゃい、どうぞ」

　マスターがいつもと同じ笑顔で迎えてくれた。

「間に合いましたか」

　穏やかな表情を俺に向けてくる。何のことだろう、誰とも待ち合わせてはいないのだが。マスターの手に白いタオルがあった。雨の心配をしてくれたようだ。

「いらっしゃいませ」

　席に案内してくれようとした女の子を手で制す。奥の麻雀卓に知った顔がふたつ、俺を静かに待っている。もうひとり、知らない女の横顔もあった。ゆっくり卓に近づく。

「血が匂うぜ、ドクター」

　やくざ者は鼻が利く。武藤は俺のからだから血の匂いを嗅ぎ取ったのではなく、俺の顔を見てそう言ったのだろう。しかしこの男から話しかけてくるのはめずらしい。いつも山のように静かな男だった。

「黒木小百合です」

　初対面の俺に人なつっこい笑顔を見せたのはとびきりの美女だった。

「俺は金井秀樹。医者をやってるんだが、どこかで会っているよな？」

　いや、会ったことはない。こんな美女に会ったら忘

れるはずはない。それでもどこか懐かしいような気が
する。もしかするとテレビに出ている女なのかもしれ
ない。俺にとってテレビとは娘を膝に乗せてアニメ番
組を見るだけの物だが、テレビにはコマーシャルとい
うのがある。記憶には残ってないがそれでも懐かしい
と感じた。黒木小百合がまっすぐ俺を見つめてくる。
色白でショートカット、その大きな瞳に俺は吸い込ま
れそうになった。

「会うのは初めてよ。あなたに似た人になら会ったこ
とがあるけど」

「俺に、似た?」

「大きなからだと瞳の色が同じ男よ」

　瞳の色?

「ふつうに黒いが」

　女が笑った。俺を包みこむようなあたたかな笑顔。

「疵(きず)だらけの瞳。それが同じだったわ」

　黒木小百合は俺の顔ではなくもっと遠くを見ていた。
この女、美人であかるいがそれだけではない。ジャラ
ジャラと牌を落とす音がきこえてきた。サングラスの
男、黒川。この店でよく顔を合わす。武藤と同じくら
い無口な男だ。麻雀を始めよう、そんな短い言葉さえ
出そうとしない。女の子がおしぼりと水を持ってきて

くれた。俺はウィスキーを注文しなかった。今日は麻雀を打ちに来たのだ。ゲーム代は後で払えばいい。

　俺が起家になった。麻雀が始まる。いつだったか、そう政明の嫁さんが亡くなってから15年くらいは牌を握らなかった。なぜだろう。他にやることがあったのかもしれない。結婚してからまた打つようになった。娘が生まれてからその回数が増えた。家に帰りたくない時、娘が眠りにつくまでの時間を潰す。そんな麻雀だ。ルールなんてなかなか忘れないものだ。麻雀はいい。しばらくの間、他のことを考えなくて済む。若い頃はそうでもなかったが最近よく思う。逃げたい時は逃げればいいと。簡単なこと、目と心を閉じればいいだけだ。43という年齢が俺をそうさせたのか。自分より大切な、愛する家族のためなのか。

「リーチ」

　上家（カミチャ）の武藤が[西]を曲げている。

　[西]を鳴き、武藤の一発を消して[ドラ]で待つ。東1局の親ならそんな打ちかたもいいだろう。だが俺は金のために麻雀を打っているのではない。ただの時間潰しだ。ゆっくり山に手を伸ばす。掴んだ牌は[　]だった。

「リーチ」

🀋を曲げ、リーチ棒を出した。黒木小百合がそれ
に合わせるように🀋を出す。対面の黒川も🀋を出す。
武藤が無表情で🀂をツモ切りした。

「ロン」

ロン
🀆🀆 🀙🀙🀙 🀚🀚🀚 🀛🀛🀛 🀋🀋 🀂🀂 　 🀂

　裏ドラをめくる。🀋だった。リーチ・一発・ホン
イツ・イーペーコー・ドラ2。倍満。またひとり、殺
した。打てない男ではない。東1局で無防備なリーチ
をかける理由でもあったのだろうか。どうでもいい。
武藤の麻雀だ。それぞれの麻雀。あの頃、政明と嫁さ
んとの3人麻雀はとにかく楽しむための麻雀だった。
皿洗いを賭けたり、ラスを引いたら料理を1品作るな
んていうのもあった。俺と政明はまず嫁さんをトップ
に押しあげ、それから2着を競った。俺が作った食い
物も嫁さんは笑顔で食べてくれた。あの女の笑顔があ
ったから政明も笑っていられた。ふたりのしあわせを
見てるだけでも楽しかった。戻れない、遠い過去。あ
の頃と今の麻雀は違う。それは分かっている。無表情
のやくざ者が有りったけの点棒を吐き出した。おもし
ろくない。俺は金のために麻雀を打っているのではな

い。もっと楽しませてくれよ。声を出す代わりにサイ
コロを回した。

ドラドラ

つまらない配牌、これが流れというものか。打🀫。
すぐに🀫を持ってきた。イーシャンテン。安くても
満貫以上だ。ツモあがりでは持ち点ゼロの武藤がトビ
で俺のトップ終了となる。それではおもしろくなさす
ぎる。狙いは黒川。今までこの男には結構やられてい
る。どう強いかというより、いつも終わったら負けて
いるという感じなのだ。あの無表情のサングラスを今
夜こそ撃ちとってやろう。打🀫。

「ポン」

いきなりオタ風を鳴いたのは小百合という女だった。
俺の流れを持っていこうというつもりなのか。しかし、
次巡俺が持ってきたのは3枚目の🀋だった。

ドラ

小百合の鳴きで俺の流れがさらに加速したのか。俺
は何の苦労もしていない。麻雀とはこんなものなのか。
こんなつまらないゲームに男と女が夢中になるのか。
打🀫。

92

ところがこの手が動かなくなった。🀫、🀂、🀄、
🀏、🀙、🀌、🀏。無駄ヅモが続いた。初牌（ションパイ）の🀄を持
ってくる。もちろん用はない。

「ロン」

牌を倒したのは黒木小百合だった。

小百合の捨牌には🀙が出ている。

「ごめんなさい。まだ初心者なの」

ぞくりとした。小百合の声ではなく、まるで死神の
囁きだった。武藤と黒川の顔を見る。動じていない。
いつもと同じ無表情。何事もなかったように次局の準
備を始めている。俺は恐る恐る小百合の顔を覗いた。
死神なんかではなくふつうの女だ。いや、ふつうでは
ない。いそうもないような美女だ。色白の小顔、鮮や
かなルージュ。大きな瞳で俺をまっすぐ見つめてくる。
その静かで深い湖のような瞳に俺は溺れそうになった。

「点棒いただけないかしら？」

「あ、ああ」

俺は圧倒されていた。ひとつ分かったことがある。
この女は決してテレビなんかに出ることはない。暗闇
の中で生きてきた女だ。武藤はこの女から血の匂いを

嗅ぎ取っただろうか。武藤は無表情でただ座っているだけだ。歳は俺と同じくらいか。やくざの世界は分からない。今はもう引退しているがその世界で生き残ってきた男だ。たとえ持ち点ゼロの状況でも緩むことはないだろう。武藤にとってはこの女が何者だろうがどうでもいいのだ。いやこのふたりは同類だ。他人の血を吸って生きてきた。そして、それをつべこべ言う資格は俺にはない。俺はこの店に何をしに来たのだろう。こんなことを考えるためではなかったはずだ。さっさと武藤をトバして今夜は帰ろう、そう思った。

ドラドラ

〔牌の図〕

「リーチ」

　7巡目、3面待ちでリーチをかける。ドラが2枚あるが点数は関係ない。ツモあがりでゲームは終わる。

「ポン」

　リーチ宣言牌の〔牌〕を武藤が拾った。この男も金のために麻雀を打っているのではない。1000点100円のレートでも、東場（トンバ）でトバされたくはないのだろう。

「カン」

　また武藤だ。黒川が出した〔牌〕を持っていった。親がリーチをしてるのに大明（ダイミン）カンとは。持ち点ゼロなら

許されるのだろう。しかし  がカンドラになった。
次巡、俺が掴んだのは □ だった。

「ロン」

　武藤が静かに牌を倒す。

　ホンイツ・トイトイ・東・ドラ6。三倍満、24000点。
武藤は殺したはずだったが……。

「棺桶の釘が1本足らなかったようだな」

　この夜、黒川が初めて口を開いた。

　いつの間にか黒川の手牌も倒れている。

「ダブロン、有りだよな」

　役満を張っている気配はなかった。いや、見えてなかっただけか。俺が、緩んでいたのか。東場でトバされたのは俺だった。

「マイナス30、ウマ30。6000円だ」

　低い声がきこえた。俺は女の子を呼んで1万円札の両替を頼んだ。俺は金のために麻雀を打っているのではない。しかし、6000円は痛い。

「もうしばらく付き合ってくれるかい、武藤さん」

武藤に動く気配はない。東1局に自分がハンデとしてくれてやった25000点をそっくりそのまま取り返す。そんな見せ場を黒川に攫（さら）われた。このまま帰って眠れるはずもない。

「黒川さんも勝ち逃げなんてしないよな？」

「逃げるのは負けた時だけさ」

　小百合が声を出して笑った。まるで少女のように可憐な笑顔。荒廃した地に咲く一輪の花のようにみずみずしい。

「どうぞ」

　女の子が新しいおしぼりと紅茶を運んできた。カヴァーを被ったポットの紅茶を小百合と黒川と俺のカップに注いでくれる。武藤のサイドテーブルにはウィスキーボトルとショットグラスが置かれた。一度カウンターに戻った女の子がバスケットを持って近づいて来る。甘い香りとともに。

「どうぞ」

　俺はクロワッサンをひとつ手に取った。小百合は両の手に3つのせ、うれしそうに見つめている。焼きたてのクロワッサン。

「おいしい！」

　小百合の声が弾けた。まるで子供のような無邪気な

笑顔。俺もクロワッサンを口に入れる。外はサクッとして中はもっちりしている。絶妙だ。バターの香りもたまらない。家では毎朝家族3人揃ってパンを食べている。女房がデパートの地下で買ってくるのよりここのは数段うまいが、女房に教えるわけにはいかない。ここは俺の隠れ家だからだ。このブルームーンの下のパン屋で作った物だ。2階の客入りはたいしたことないがパン屋はいつも賑わっている。ここのマスターはカウンターから出ることはないが、ふたりいる女の子は下の手伝いをする時間のほうが多いくらいだ。サイドテーブルのカップを持ちあげる。クロワッサンにはコーヒーより紅茶が合う。

「とってもおいしかったわ、武藤さん」

　小百合が武藤の顔を覗きこんでいる。手にあった3つのクロワッサンは消えていた。

「職人がききたいのはシビアな意見だ」

　武藤は小百合と視線を合わすでもなく、ショットグラスを口に運んだ。

「とってもおいしい。それが私の感想よ」

　俺もそう思う。それにしてもこんなにうれしそうにパンを食べる女は初めて見た。よほどパンが好きなのだろう。紅茶を飲み終えた小百合が煙草に火をつけた。

この女、肌や体型を見ると10代後半だが煙草の吸いかたなんかには年季が感じられる。麻雀は初心者と言っていたが20年打ってきたような牌捌きだった。全ての動作に隙がなく、そのうえ優雅なのだ。そのくせ子供のように笑う。そして一番不思議なのは武藤と黒川を気にしないということだ。黒木小百合、何者だろう。黒川が牌を落とし始めた。そうだ、やられっ放しでいいはずがない。小百合が煙草を消し、武藤がグラスを口に運んだ。ラスを引いた俺がサイを振る。北家になった。ありがたい。

こんなもんだろう。２回戦ではあるがメンバーも席順もさっきと同じ。東２局でダブロンを喰らい丸裸にされたという最悪の流れを引き摺って当然だ。我慢していればそのうちチャンスも回ってくるだろう。ラス親になった。それが第１の幸運だ。

武藤と黒川、退屈なのかそうでないのか、相変わらず無表情で摸打を繰り返している。黒木小百合、鮮やかな牌捌き。長い指が上品で優雅だ。爪は短く切り揃えてある。指環の跡はない。ネックレスもピアスも、そして腕時計も身に付けていない。色白の小顔に派手

なルージュと短い黒髪がよく似合う。そして一番の特徴はその大きな瞳だ。きらきらと輝き、潤いを湛え、この世の底を見てきた哀しい瞳。ツモ山に手を伸ばした小百合と視線がぶつかった。大きな瞳が瞬きするパチッという音がきこえた気がした。天使の、微笑み。まいった。隙がない。この女、完璧だ。

「ツモ」

天使が牌を倒した。

俺が捨てた九萬には無反応だった。テンパイ気配さえ分からなかった。東1局の親が一番弱いところから出た安目を見逃し、きっちり満貫でツモあがる。しかしあの手でリーチをかけなかった。もし□を引けば九萬を外すつもりだったのか。麻雀は初心者と言っていた。初心者、か。

「ツモ・イッツー・ドラ1。400円オールね」

また子供のように笑う。400円オールか。なるほど、この女も金のために麻雀を打っているのではない。こんなにうれしそうに麻雀を打つ女を見るのはずいぶん久し振りだ。点棒を渡す時、小百合は俺の指環のあたりを見ていた。

「ドクターは結婚してるのね」

「ああ」

　小百合は悪戯っぽく笑っている。まるで、小悪魔のように。

「お小遣いは大丈夫かしら？」

「ふん、そんな心配か。覚悟しろよ。丸裸にしてやるぜ」

　小百合の笑顔が弾けた。からだを揺すって笑っている。俺も麻雀がこんなに楽しいのは久し振りだ。武藤がショットグラスにウィスキーを注ぐ。いつもと同じ無表情だが居心地が悪いわけでもないだろう。この男はどこにいても、たとえ地獄に堕ちてもこの面なのだ。武藤のグラスが空になった。

東1局1本場

🀢🀢🀈🀊🀋🀔🀗🀤🀥🀏🀏🀏🀀🀅

何も見えない配牌だ。最初のツモは🀏だった。打🀢。そして次のツモは🀢だった。

🀢🀈🀊🀋🀔🀗🀤🀥🀏🀏🀏🀏🀀🀅

悪くないのか。🀀や🀅を鳴かれてツモを変えられ

たくない。打〔牌〕。親の小百合が〔牌〕を出した。誰も反応しない。３巡目、〔西〕ツモ切り。下家の小百合が〔牌〕をツモ切りした。ゲーム中は煙草を吸わないようだ。静かな眼差しで河(ホー)のあたりを見ている。

「リーチ」

どこからか声がきこえてきた。対面(トイメン)の黒川が〔牌〕を曲げている。俺のツモ、〔牌〕。つながった。打〔牌〕。

「ロン」

黒川が牌を倒す。

〔ドラ〕

〔牌牌牌牌牌牌 四萬 五萬 六萬 牌牌 牌牌 牌〕

２枚切れの〔牌〕。地獄待ちの、〔牌〕。そう、この男にも地獄が似合う。黒川が裏ドラをめくる。乗った。

「830円だな」

偶然裏ドラが乗った。麻雀において強いというのはそれも含めてのことだ。この男、無表情のくせに時々冗談を言う。830円、病院の食堂でうどんが２杯食える金額。サングラスの男、黒川。やはり野放しにしておけない。今夜叩き潰す。黒川のあがりを見たのか見なかったのか、いつもと同じ表情で武藤がグラスを満たした。いつのまにか俺の右の席に小百合の姿はなかった。カウンターのマスターと言葉を交していた小百

合が戻ってきて黒川がサイを回す。武藤のグラスは空になっていた。

東２局

一萬 二萬 三萬 六萬 九萬 🀄 🀫 🀫 🀫 東 西 西 北

　湿っている。雨音はきこえないがそろそろ本格的に降っているのだろう。そういえば先週の金曜日も雨に濡れたような気がする。最初のツモが🀄だった。チャンタと両天秤なんてことはしない。狙いはひとつ。打🀫。店内にはいつも音楽が流れている。クラシックにジャズ、軽音楽、ロックの時もある。クラシックや軽音楽はCDだが、ジャズだけはマスターがターンテーブルを使う。古いアナログ盤、どんなに丁寧に扱ってもパチパチとノイズが入る。それも、ジャズなのだ。ヴォリュームは絞ってあるが雨音はきこえない。ブルームーンの頑丈な扉が外界の音を遮断しているからだ。俺のツモ、🀄・西・二萬・🀫・東・九萬・🀟・九萬。チャンタを狙っていればあがれたかもしれない。

🀟 一萬 二萬 三萬 九萬 🀄 🀫 東 南 西 西 西 北

　遠い。8000点より32000点のほうが遠くて当然か。

102

「カン」

　武藤の静かな声がきこえた。□を４枚表にしてから２枚裏返す。終わった。武藤が引き寄せたリンシャン牌を晒し、手牌を倒した。

ドラ　　　　　　　　　　　　　　　　　　　　暗カン

ツモ

　武藤はカンドラをめくらない。乗ってないと読んだのか。▨か が乗ればハネるし□が乗れば点が倍になる。まあいい。武藤の麻雀だ。しかしまた点棒を吐き出した。1000点100円の麻雀、一晩中負け続けても俺の体重はたいして減りはしないだろう。武藤がグラスにウィスキーを注いでいる。親がサイを振る前に１杯放りこむ。いつものことだ。うまいのかそうでないのか武藤の表情は全く変わらない。麻雀を打ちながら飲むウィスキーがまずいわけがない。空いたグラスをサイドテーブルに戻した武藤がサイを回す。ボトル１本空けても顔色を変えない男だ。今夜酒ではなく麻雀で潰してやる。

東3局

ドラ ドラ

🀙🀚🀛🀜 一萬 一萬 七萬 八萬 🀫 🀫 東 西

　ドラが対子、最初のツモが🀫だった。いいトコを
引いてきた。だいぶ良くなった。小百合、黒川、武藤
と順にあがって次は俺の番。麻雀は4人で打つのだか
らあがる確率は4分の1。そんな単純なものではなく、
もっと奥が深いゲームだ。俺は中学生の頃から麻雀が
好きだが詳しいことは分からない。麻雀プロなんての
もいたり研究している人間もいるのだろうが、俺の麻
雀はそんなに難しくはない。ただ時を待つだけの麻雀。
この時間、娘はまだ眠りについていない。女房とふた
り、風呂場で歌っている頃だろう。6歳になった今で
も時々俺の布団に潜りこんでくるが、俺のいない夜で
も泣くことはない。女房がいる。俺が愛した女がうま
くやってくれる。俺は家族を愛している。家族が俺を
支えてくれている。🀡、一番欲しいトコを持ってきた。
打西。俺が麻雀で勝って笑う、そのほうが家族のた
めなのだ。🀡、難しいのを持ってきた。東3局で
14300点マイナス。ドラは外したくない。場に二萬が2
枚見えている。六萬九萬が先に入れば🀡と二萬のシャボ
待ちリーチでもいい。打🀫。下家の小百合が二萬を捨

104

てた。黒川も🀇を出す。そして、俺が持ってきたの
は🀏だった。

🀙🀙🀛🀜🀝🀇🀇🀌🀍🀏🀐🀐

　小百合と黒川、まさか俺の手牌とツモが透けて見え
たわけではあるまい。ただの偶然だ。２枚切れの🀇
と🀙（ドラ）のシャボ、さすがにそんなテンパイには取れな
い。ドラを切ってピンフにするのがふつうの打ちかた
だ。だが🀙は武藤に対して切りたくない。捨牌から
読んだのではなく、俺の感だ。麻雀の知識や経験で俺
が武藤に勝るとは思わない。ならばせめて感には頼る
べきだ。打🀇。だが驚くべきことに次のツモは🀙だ
った。なるほど、今夜の俺はこんなものだ。武藤のト
リプルと黒川の国士、あんなのを同時に喰らってピン
ピンしていられるはずもない。だがこれはチャンスだ。

🀙🀙🀛🀜🀝🀌🀍🀏🀐🀐

🀙・🀚・🀛・🀙待ち。流れはピンズ。山にはまだ
ピンズがごっそり眠っている。これは感ではなく、俺
の都合だ。

「リーチ」

　満貫やハネ満をあがったところでまだマイナスだが

105

これで流れを引き戻す。

「リーチ」

　武藤がを曲げた。金のために麻雀を打つ男ではない。つまらないリーチはかけないだろう。ゆっくり山に手を伸ばす。俺が掴んだのは４枚目のだった。

「ロン」

　武藤の手牌が倒れる。

　俺の感を打ち砕く破壊力、偶然やツキを超越した武藤の圧倒的な強さだった。体重は俺の３分の２もないであろうこの男がやたらとでかく見える。武藤は座っているだけだ。何もしていない。裏ドラを見ようともしない。もし乗れば俺のトビで終了となる。今のあがり、完全に武藤の力勝ちだった。こんな時は裏ドラが乗って当然なのだ。なぜ俺に止めを刺さない。牙のない俺は敵ではないということか。女房、娘の待つ自宅に帰ることができない、そんな情けない男はまともに相手をしてもらえないのか。２回連続東場でトバされる。この夜の俺にはそんな格好が似合うのだが。

「雨が降ってるわ」

　憂いを帯びた小百合の声。いつの間にか小百合はウ

106

ォッカのボトルを抱えている。グラスは使わずボトル
に直接口をつけている。悪くない。この女、そんな姿
も様<ruby>様<rt>さま</rt></ruby>になる。

「お水よ」

　眼が合うと、いたずらっ娘<ruby>娘<rt>こ</rt></ruby>の笑顔になった。俺と小
百合の席はすぐ隣り、手を伸ばせば抱きしめることも
できそうだ。ウォッカの匂いは強烈に俺の鼻を刺激し
てくる。酒が欲しい。小百合のウォッカを気にしない
ようにした。武藤に点棒を渡す。駅の売店でビールが
何本か買える金額だ。つめたいビール、弾ける泡。喉
が鳴った。小百合の視線がまだ俺の顔に貼りついてい
る。くすぐったい。

「雨がどうしたって？」

　自分の声の大きさに驚いた。小百合の瞳、やっぱり
いたずらっ娘のそれだった。

「帰りのタクシー代は大丈夫かしら？」

「ふん、そんな心配か。俺も少し心配になってきたよ」

　小百合が笑った。どうやら俺はこの女の笑顔が見た
いらしい。雨音はきこえない。店内に流れるピアノ、
曲名は知らない。

「ドクターはどんな音楽が好きなの？」

　小百合はウォッカのボトルをサイドテーブルに置き、

煙草のパッケージを手に取った。

「ウィスキーに合う音楽がいい」

「ウィスキーが好きなのね」

「そう、ウィスキーが好きさ」

　小百合は煙草に火をつけ、ゆっくり煙を吐き出した。それだけだ。小百合の口から次の言葉は出てこない。なぜ今夜はウィスキーを飲まないのかきいてこない。6歳の女の子を殺した。娘と同じ歳の少女を助けられなかった。逃げられない夜がある。ウィスキーを飲めない夜がある。武藤がグラスにウィスキーを注いだ。それだけで、口に運ばない。

「小百合はどんな音楽が好きなんだい？」

　武藤がウィスキーを流しこむだけの重たい口を開いた。驚いた。あの武藤がこんなありきたりの質問をするとは。

「子供の頃ハードロックが好きだった。それだけが、私の宝物なの」

　心を抉られるようなさみしい響きだった。1000年も同じ表情のまま固まっているつめたい氷の彫刻のような横顔。小百合が目を閉じていることに気づいた。どうしようもない。俺にはこの女の氷を溶かすことはできない。この女をあたためてやることなど、俺にでき

るわけがない。黒木小百合、この女をここに連れてきたのは黒川だろう。それは間違いない。俺がここに来てから1時間以上は経っているだろうがこのふたり、一度も会話していない。それどころか視線すら合わせていない。どんな関係なのだろう、恋人同士ではない。俺は勝手にそう決めた。同じ匂い。どうしようもないくらい似ているのだ。だから恋人ではなく、もっと哀しいふたりなのだろう。

「この雨はいつまで続くんだい？」

「明け方にはあがる。天気予報はそう言ってたよ」

「明け方には、か。今夜は月を見られないな」

「眩しい朝日が見られるさ」

　ボソボソと低い話し声がきこえた。今夜は驚きの連続だ。武藤と黒川、無表情で無口な男がふたり、月とか眩しい朝日とか語り合う。不思議な夜だった。

「なぜブルームーンなんだい？　この店の名だが」

　俺の質問に武藤は口を開かない。

「好きな曲名からとった。そんなところじゃないかしら。でしょ、武藤さん？」

　あかるくてかわいらしい小百合が戻ってきた。あたっているのかそうでないのか、武藤の重たい口は開かない。仕方がないので俺が口を出すことにした。

「どんな曲だい？」

「たぶん、ジャズね」

「なぜそう思う？」

「ウィスキーにはジャズが合う。でしょ、ドクター？」

　その通りだ。しかし俺はただラジオから流れるジャズが好きだった。曲名は分からない。ブルームーンか。確かにジャズっぽい。武藤は岩のように動かない。ジャズが好きなのかクラシックがいいのか。この男の好みは分からない。いつも安物のウィスキーを飲んでいる。俺が学生の頃から愛飲している安物のウィスキー。安いからではなくうまいから飲むのだ。今ではペットボトルに入った徳用サイズなんてのもスーパーに並んでいるが、そんなのではなくレギュラーサイズのボトルからショットグラスに注ぎ口に放りこむ。それが、ウィスキーだ。そんな、俺と同じスタイルのこの静かな男に不思議な親近感を覚えていた。小百合が灰皿で煙草の火を消すと武藤がグラスの中味を口に放りこんだ。そして、サイを回す。

　東3局1本場

　ドラドラ

| 一萬 | 三萬 | 三萬 | 六萬 | 九萬 | 發 | | | 東 | 東 | 發 | 發 |

　ドラが対子。東・發も２枚ずつある。七対子ではない。最初のツモが二萬だった。やはり七対子ではない。打發。小百合が發を出した。

「ポン」

　打九萬。悪い時にはただじっと待つ。そんな打ち手もいるだろう。ひとつの鳴きで流れが変わるとは思わない。だがツモは変わる。俺だけでなく４人全員のツモが変わる。西を持ってきた。打中。最下位に沈んでいる俺が鳴きを入れ、どこかに綻びができれば俺にとってプラスということになる。武藤が五萬を出した。

「チー」

　ドラ含むの両面を鳴く、下手クソな麻雀。だが俺の麻雀。

　發ドラ２。テンパイ。２巡、３巡出ない、ツモれない。対面の黒川が東を出した。

「ポン」

　東・發・ドラ２。満貫になった。あがればの話だ。どっちだ。どっちでもいい。打中。次巡俺が持ってきたのも中だった。ツイてない。雨に濡れずにこの店にたどり着いた。今夜の俺はそこでツキを使い果た

したのか。4枚目の🀅を持ってきた。

「カン」

　リンシャン牌に手を伸ばす。🀋だった。🀟を外す。カンドラ、🀅が丸乗りした。ツキはまだ残っているのか。

　ホンイツ・東・🀅・ドラ6。倍満になった。あがればの話だ。そういえば1回戦、持ち点ゼロの武藤がカンを入れ、ドラが丸乗りした。そんなことが一晩に二度もあるこの不思議な夜は一体誰のせいなのか。🀅ドラ2があがれなかった。黒川の東を拾い満貫手になったが🀟でのあがりを逃(のが)した。そのおかげで今倍満を張っている。これをあがることができればこの局は俺のためにあったと言えるだろう。🀌を持ってきた。🀋と入れ替える。🀇🀌待ち。2巡、3巡ツモれない。山にはもう🀇🀌は残ってないのか。ない牌はツモれない。どうにもならない。なぜ俺はこんなに弱っているのか。雨が降っている、そのせいなのか。

「ノーテン」

　小百合の声がきこえた。武藤と黒川も手を伏せている。流局したのか。

「テンパイ」

　手を開く。ずいぶん暴れた。俺は金のために麻雀を打っているのではない。それなのに、なんと無様な麻雀か。武藤と黒川が無表情で点棒を出してくる。こんな俺を、嗤いもしやがらない。

「はい、100円。お小遣いね」

　やっぱり小百合は笑っている。俺もそう思った。でかいからだで大暴れしてやっと300円稼いだ。まるで子供の小遣いだが今はこの3000点でもありがたい。ずいぶん久し振りの収入、そして点を取られなかったというのが大きい。そろそろなのか。いいタイミングで親が回ってきた。武藤が卓上の100点棒を引っ込め、代わりに俺が2本出してサイを回す。武藤がウィスキーを飲んだのか見る余裕はなかった。

東4局2本場

ドラ ドラ

　ドラが対子。さっきも、その前もそうだった。4枚しかないドラが俺の配牌に2枚ある。これをツキがあ

るとは言わない。いつもの俺なら国士を狙う。だがドラが俺を迷わせる。今夜の俺はいつもの俺でもない。役満というのは麻雀において最も点数が高く、そして最も美しい役だ。迷って狙う物ではない。国士無双、出現率の高い役満だ。俺も何度かあがったことがある。クズ牌を集めて作る最強の役だ。そういえばさっき誰かがあがったような気がする。とにかく親が切らなくては始まらない。▦を捨てる。親の第1打が散々迷っての▦、それだけで俺の手の内が透けて見えそうなものだが構わない。どうせ端から相手にされていないのだ。俺が戦う相手はたぶん俺自身の中にいるのだろう。◉を持ってきた。最後の審判、というほど大げさなことではない。ただ西を捨てるだけだ。次のツモが一萬、今さら迷う理由はない。打南。◈ツモ切りの後、三萬を持ってきた。ここは◈を外せばいい。問題は次だ。ドラを引けば選択はないがそれ以外のトコから入ればどうする。俺のツモ番、山に手を伸ばす。▦だった。

一　三　七　九
萬　萬　萬　萬

ここだ。ドラ含みの三色（サンショク）も純チャン三色も点数的には同じようなものだがそれはメンゼンの話だ。今夜

の俺は弱っている。この手で鳴くということも考える
ほど弱っている。鳴いて純チャンでは満貫に届かない。
[七萬][九萬]と[筒子]の対子、受けが広いのは[七萬][九萬]だ。だから
[筒子]を捨てる。親で連荘（レンチャン）が欲しいのは当然だがこの手
は最低でも満貫に仕上げなければならない。今夜の俺
はツイてない。だがどういうわけかドラには好かれて
いる。三色・ドラ３。そのためには[七萬][九萬]は必要ない。
[西]ツモ切りの後、[三萬]を持ってきた。テンパイ、打[九萬]。

[牌姿：筒子 筒子 筒子 一萬 二萬 三萬 中 筒子 筒子 筒子 筒子 筒子 筒子]

　狙い通り、しかもメンゼンでテンパイ。リーチをか
ければハネ満以上も望める。リーチをかけ忘れたので
はない。かけられなかった。嫌な気がした。ツモを引
きたくない。何だ、この感じは。こんなのは初めてだ。
ゆっくり山に手を伸ばす。掴んだ牌は[中]だった。場
に三元牌が見えていない。誰かが大三元を狙っている
のか。分からないがツモを引く時嫌な気がした。この
[中]は切ってはいけないということだろう。一晩に二
度も役満に振り込む。それではサービスのしすぎだ。
打[筒子]。卓は静かだ。無口な男がふたりいる。黒木小
百合も声を出さない。時々サイドテーブルのウォッカ
を口に運ぶだけだ。静かに麻雀が進んでいく。他の客

の話し声はきこえない。雨音もきこえない。14巡目、
３枚目のドラを持ってきた。再びテンパイ。だがそれ
だけだ。この手はあがれない。不思議な空気だった。
別の世界に紛れこんだような錯覚に陥った。場が静か
に緊張している。ただ時間だけが確実に流れていく。
武藤と黒川が牌を伏せた。
「ノーテン」
　小百合も手を伏せる。大三元を張れなかったのか。
いや、テンパイすれば必ず手を見せなければならない
というルールはない。それぞれの麻雀、好きにすれば
いい。
「テンパイ」

　誰も俺の手など見ていなかったような気がする。武
藤と黒川が点棒を寄越した。小百合も手を伸ばしてく
る。俺の手に点棒を握らせた小百合の指がそのまま俺
の手首のあたりに触れてくる。白く、しなやかな指。
まるで看護師が患者の脈をとるような仕草だった。
「なんだい、それは？」
「あなたの温度を測ったの」
　看護師なら体温という言葉を使うだろう。

「それで？」

「あたたかいわ、とっても」

　小百合の瞳、まるで母のような穏やかな光を湛えている。そして生まれたての赤ん坊のようにまっすぐ俺を見つめてくる。病院で患者の体温を測るのは看護師の役目だ。俺は他人の体温を測ったことはない。そういえば自分に体温計をあてたのは学生の頃だけだ。そうか、俺はあたたかいのか。助けられなかった患者がいる。何人も、何人も。苦しんで苦しんで俺の眼の前で死んでいった子供もいる。何もできなかった。涙を流すことさえ、できなかった。そんな俺にもあたたかい血が流れている。黒木小百合がそれを教えてくれた。この女、やはり俺の敵ではない。俺はこの女を守りたい。黒木小百合、誰にも支配されず他人の力に頼ることなく自分ひとりで生きてきた女。そんな気がする。それでも、守ってやりたい。一瞬、雨音がきこえた気がした。扉は開いていない。窓もブラインドが降りたままだ。それでも雨音がきこえた。小百合が煙草に火をつけた。武藤がグラスにウィスキーを注ぐ。それだけで口に運ぼうとしない。俺は煙草を吸わない。今夜はウィスキーも飲まないと決めた。つまり俺の口は言葉を出すしか仕事がなかった。

「俺に似た男に会ったことがある、そう言ったよな？」

　ずっと引っかかっていた。

「ええ、言ったわ」

　190センチ、120キロ。それくらいの男はこの国に何千人かいるだろう。

「どこで会ったんだい？」

「メインストリート。歩道で擦れ違ったの。3ヶ月くらい前のことよ」

　駅から東西に流れるこの街のメインストリート。俺が生まれ育ち、医者になってマンションを買ったこの街。狭いようで広い。ここにも俺と同じような体格の男はいるのだろう。しかし擦れ違っただけの男。記憶に残るのか。

「その男は……」

　何をどうきけばいいのか言葉がみつからなかった。小百合が灰皿で煙草の火を消した。武藤のグラス、いつの間にやら空になっている。そう俺の親はまだ続いている。

東4局3本場

118

　ここ２局点棒を取られてない。２局連続で収入があった。流れは悪くない。俺に傾きかけている。この局は七対子、そう決めて打つ。

　🀫、🀫、🀇。いかにも七対子という捨牌になった。構わない。武藤と黒川、どうせ小細工が通用する相手ではない。他人の捨牌など気にもせず自分勝手に打つ男たちだ。技術ではなく力でねじ伏せてやる。

🀢🀢🀤🀤🀤🀇🀈🀏🀐🀐🀂🀂　🀇

　７巡目。🀇を持ってきた。イーシャンテン。いやこの局は七対子と決めていた。だからイーシャンテンではない。場に□は１枚も見えていない。今持ってきた🀇を捨てる。そして次巡俺が引いたのは🀉だった。

🀢🀢🀤🀤🀤🀇🀈🀉🀍🀎🀏🀂🀂

　七対子にこだわらなければこんなテンパイになっていた。逃して惜しいほどのことではない。この局は七対子と決めたのだ。新しく持ってきた🀉をしまい、配牌からいつまでたっても重ならない🀉を外す。次のツモ、🀉だった。これはうれしい。🀢、🀇、🀍、□。何を切る、俺は🀍に手をかけた。イーシャンテンだがどんなテンパイをしようがまだ最終形ではない。

場に1枚も見えていない🀡、そのドラを引いてきてあがりを待つ。俺はそのためにこの局は七対子と決めたのだ。黒木小百合、いろいろな表情を持つ女だ。今は真剣に講義を受ける学生のような顔をしている。この局面を読もうとしているのではなく、もっと麻雀を知りたい、麻雀に近づきたい。そんな横顔だ。麻雀は奥が深いゲームだがこの女が知りたいのはもっと近くて遠いことなのかもしれない。俺の視線を気にするでもなく静かに摸打を繰り返している。牌の声をきこうとしている、そんな表現が合うかもしれない。🀡と🀡、狙い通り持ってきた。小百合の横顔を見てたら引いてきた。この女、女神かもしれない。

🀡🀡🀡🀡🀡🀡🀡🀡 三萬 三萬 九萬 九萬 西 西 ▢

打▢。誰も動かない。ドラ待ちの七対子。リーチをかけ裏が乗れば親のハネ満。リーチをかけ忘れたのではない。最高の形なのに、それでも最終形でないような気がしたからだ。場に▢と🀄は1枚ずつしか見えていない。誰かが大三元を狙っているかもしれない。対面の黒川が2枚目の🀄を出した。俺は緊張したが何も起こりはしなかった。大三元はなかった、それでもなぜだか妙な空気だった。西ツモ切り。

「リーチ」

　小百合が牌を曲げている。俺は逃げ出したいような気分になった。ツモを引くのが怖い。すぐにツモ番が回ってくる。どうしようもない。山に手を伸ばす。掴んだ牌は中だった。場に１枚も見えていない中。

「中は切らないでね、ドクター」

　ぞくりとした。小百合の声ではなく、それは死神の囁きだった。二度目だ。１回戦、武藤に親倍を喰らわせた後、小百合の中単騎に振り込んだ。あれから俺の麻雀はガタガタになった。あの時俺はこの美しい死神に取り憑かれてしまったのか。その死神が中は切るなと言う。

「なぜ？」

「もう誰も殺したくないの」

　死神の声ではなく、孤独で自由で誇り高きひとりの女の声だった。視線がぶつかる。小百合の瞳、それには見憶えがある。同じだ。今日旅立った６歳の少女。あの子は自分が助からないことを知っていた。６歳なのに死という現実を知っていた。全てを受け入れ、苦しみ、そして全てを許した。同じ瞳。俺は崩れそうになる膝を力いっぱい掴み叫び声をのみ込んだ。俺は医者だ。叫び声をあげることは許されない。どうという

ことはない。何度も堪えてきた。いつも踏み止まって
きた。簡単なことだ。ただ抑えつければいい。この無
駄にでかい図体より少しばかり重い心というやつを。
目を閉じて大きく息を吸う。自分の役目を思い出した。
俺は小百合を守らねばならない。だからこの⊞は切
らない。

　俺の親父は笑いながら死んでいった。自分が苦しむ
姿を家族に見せたくはない。だから笑ったのだ。いつ
の間にか俺も親父になった。俺にはできるのか。俺は
笑いながら死ねるのか。死ねるわけがない。俺は家族
を愛している。生きて、家族を守る。人は皆守るべき
ものを持っている。家族や今の生活、むろん自分自身
のことも守りたいはずだ。それが人なのだ。だが黒木
小百合には何もない。今日会ったばかりだがはっきり
分かる。守るべきものはなく、守られることも必要と
していない。だが俺はこの女を守りたい。俺が小百合
の笑顔を守る。遠い昔、政明と嫁さんと３人麻雀をし
ていた頃、俺と政明は嫁さんを押しあげてから２着を
競った。負ければ皿洗い。どちらが負けようが120キ
ロと140キロが並んでキッチンに立ち、ラスが洗い係、
２着が拭き係、そんな罰当番だった。嫁さんには休ん
でもらいたい、そんな意図だったが嫁さんが座ってる

ことはなかった。いつも政明の横で笑っていた。それがあたり前だった。嫁さんと政明、ふたりの笑顔がいつまでも続く。疑がったことなどなかった。戻れない、遠い過去。そうか、小百合を初めて見た時なぜだか懐かしい気がした。俺は小百合の中にあの女（ひと）の影を見たのか。だから恋とは違う感情を抱（いだ）いたのか。黒木小百合、太陽のようにあかるくあたたかく、氷のように儚く強い女。いそうもないような女に出会った。こんな、雨の夜（よ）に。

「テンパイ」

　小百合が牌を倒す。

俺もどうやらテンパイしてるようだ。

「テンパイ」

　武藤と黒川はおとなしく手を伏せている。なるほど。こいつらもやってることは俺とたいして変わらんようだ。だが姫を守る騎士（ナイト）にしては愛想（あいそ）がなさすぎる。

「お花畑だったわ」

　いきなり言われた。小百合が煙草に火をつける。流

れてくる、白い煙。

「大きな花束を抱えていたの。とっても大事そうに。愛と悲しみのお花畑。あんな男、忘れるはずはないわ」

　懐かしい男の顔が脳裏に浮かんだ。20年会っていない。だから俺の中ではあいつは20年歳を食ってないのだ。政明が今どこで何をしてるかは知っている。最後に会ったのは葬式だった。次の日あいつはこの街から消えた。10年くらいだったか、手紙を貰った。戻ってきて花屋を始めたと書いてあった。それだけだ、俺は会いに行けなかった。俺はまだあいつの顔を見ることができない。120キロと140キロが拳を相手の胸にぶつける。そんな、忘れるはずもない俺たちのあいさつ。たったそれだけのことがまだできずにいる。

「メインストリートの花屋。RANDY か」

　今のは武藤の声だった。武藤の視線が動く。視線の先、カウンターの一番奥の席にはいつも薔薇がある。紫なのか青いのかただ白いだけなのか、ここからでは判別できないロックグラスに１本だけの淡い薔薇。高貴で孤独で圧倒的に美しい。あれは、RANDY の薔薇なのか。俺よりでかく、俺なんかよりずっと強い俺の親友の店の薔薇なのか。いつだったか武藤がカウンターでウィスキーを飲んでいるのを見たことがある。奥

から二番目の席、薔薇の隣りで静かにグラスを傾けていた。あの時俺は武藤に近づくことができなかった。薔薇の席には薔薇と同じ色のカクテルが置かれていた。紫なのか青いのか、とにかく薔薇と同じ色のカクテル。俺はカクテルを知らない。だがあの色は鮮やかに残っている。本を見れば名は分かるだろうが俺は武藤の過去や想いを覗こうとは思わない。武藤高志。この男にも守れなかった大切な何かがあるのか。RANDYの薔薇、男の気持ちがたっぷり沁みついた薔薇。だから時として違う色に見えたりするのか。きこえてくる雨音。俺は振り返った、扉は閉じたままだ。それでも、雨音がきこえてくる。

「ショパンのピアノだ」

　ピアノなのか、これは。武藤の低い声もまるでピアノに協調するかのように静かに響いた。流れてくる白い煙、その煙の向こうに小百合の瞳が俺を待っていた。春の日差しのようにあたたかな光だった。

「煙草を1本分けてもらえないかい？」

　初めて試したのは中学2年の時、政明といっしょだった。

「毒よ」

　だから欲しいのさ。

「190センチ120キロ。そんなマカロニほどの毒じゃ全身には回らんよ」

　小百合がHOPEを箱から１本抜いて俺の口に持ってくる。俺が初めて吸ったのもこれだった。政明の親父さんのを１本くすねたのだ。緊張した。小百合の顔がすぐ近くにあった。甘い、薔薇の香り。俺がくわえた煙草に小百合が火をつけてくれた。容赦はしない。思いきり吸い込む。ずしりときた。堪えた。咳こみそうになるのを堪えた。くらくらした。たいしたことはない。続け様に深く吸い込む。額に生あたたかい汗を感じた。灰皿に煙草を置く。それを小百合の指が拾いあげ、丁寧にもみ消す。眼が合った。小児科の看護師のような瞳、本気で心配してくれているようだった。

「うまいな」

　笑ったつもりだったが自分がどんな顔をしていたのか分からない。肩をぴしゃりとやられた。それでずいぶんすっきりした。小百合がおしぼりで俺の汗を拭ってくれる。俺はまるで小児科の患者だった。

「こんなに汗をかいて」

　甘い吐息が俺の耳をくすぐった。

「悪いな」

「なあに？」

「俺は女房を愛してるんだよ」

　小百合がやっと笑った。黒木小百合、いろいろな表情を持つ女。その全てが魅力的だがこの女にはやっぱり笑顔でいてほしい。

「120キロって言ったわよね？」

　言ったかな。

「いつの話よ」

　まったくだ。俺は柔道をやめてから一度も体重を測ってない。家の風呂場にも病院にも体重計はいくらでもあるが乗ったことはない。いつも120キロと申告してきた。体重計に乗るのが怖い。現実を知るのが怖いのではなく、もし体重計を壊してしまったら格好悪いからだ。小百合がサイドテーブルの俺のグラスを手に取り残っていた水をひと息に飲み干す。空になったグラスにウォッカを半分ほど注ぎ、俺に差し出してくる。俺はウィスキーが好きだが今夜は飲まないと決めた。自分で決めたことだ。しかしこれはウィスキーではない。思い出した。小百合は水だと言っていた。小百合から受け取ったグラス、ひと息に放り込む。やっぱり薔薇の香りがした。

「うまい」

　口から勝手に言葉が出た。小百合と眼が合う。天使

の、笑顔。天使が分けてくれた水、うまいに決まっている。

「ドクター、俺は酒も煙草もやらないんだよ」

どこからか声がきこえてきた。声の主を探す。サングラスの男、黒川。あんまりおとなしいのでいることを忘れていた。知ってる。この男は煙草も酒も飲まない。水代わりにビールを流し込むが、それは酒とはいわない。

「だからどうした？」

「俺を、退屈させるなよ」

黒川の無表情が崩れる。全てを吹き飛ばす、鮮やかな笑顔。やられた。何だ、この男は。10日降り続いた雨が止み久し振りの朝日がやけに眩しいような、1000の悪事を働いた罪人が最後にひとつ善い行いをして全ての悪事を忘れさせてしまうかのような錯覚。一瞬で掃除しちまいやがった。全部、持っていきやがった。とんでもない悪党だ。小百合はその悪党を気にするふうでもなく、ボトルを持ったまま俺の顔を覗きこんでいる。俺はグラスを伏せてサイドテーブルに戻した。天使の水は最高にうまいが今夜の俺にはまだやるべきことが残っている。空になったショットグラスを手に持ったまま俺がサイを振るのを待っている無表情の男

と、俺に国士無双を喰らわせてくれたサングラスの大
悪党を退治しなければならない。ふたりまとめてとい
うのは大仕事だが今夜の俺には美しい女神が微笑んで
くれている。

　熱い夜はまだ始まったばかりだった。

Into The Arena

CAST　橘広海
　　　　黒木小百合
　　　　黒川

誰よりも走った。風にはなれなかった。波ほど強く
もなかった。だけど走った。走り続けた。流した汗が
私の力となった。緑の絨毯、その舞台にあがるために
走り続けた。

　小学校に入る前からラケットを握っていた。子供な
のに他のおもちゃで遊んだ記憶はない。兄のおさがり
のテニスラケット、土と汗が染み付いたいくつかのテ
ニスボール。それだけが私のおもちゃだった。

　ウィンブルドンの大会を初めてテレビで観たのは3
年生の時だった。痺れた。どうしようもないほど痺れ
た。緑の絨毯、そこを駈けまわるプレイヤー。弾丸の
ようなサービス、鮮やかなボレー。走って走ってボー
ルに喰らいつく執念。テレビ画面の中から伝わってく
る、一球に対する想い。観衆の大声援も私の魂に響い
た。ボロボロの芝の上でラケットを天に突きあげ勝利
の雄叫びをあげるプレイヤー。一瞬膝を折り、自分の
力で立ちあがり、笑顔を見せる敗者。血反吐にまみれ
て練習を重ねた者だけが許される、勇者の笑顔。痺れ
た。どうしようもなく虜になった。遙か遠いウィンブ
ルドン。広い海を越えれば行ける。飛行機ならひとっ
飛びだ。昨日より、今日より、もっと走れば行ける。
もっともっと汗を流せばきっと届く。そう信じた。

　テニススクールではコーチの指示通りの練習メニューをこなした。成長期の子供に対する無理のないメニューだった。私はそこで基本を身につけることに専念した。

　天然芝のコートなどそうはある物ではない。家から30分ほど走ったところにきれいな広場があった。犬の散歩をする人、キャッチボールをしたり、子供たちが走りまわっているような広場だった。その片隅を私の練習場にした。まず家の周りをジョギングする。からだをあたためてからストレッチ。全身を伸ばすのだが膝と足首は特に入念にやった。それからラケットを握り、広場までランニング。舗装はしてあるがそれほど交通量の多くないその道をウィンブルドンへの道、そう名付けた。広場に着く頃にはたっぷり汗をかいている。私の18メートル、という標を付けた。ラケットを握ったまま18メートルをダッシュ。止まって、ジャンプ。素振り。フォア５回、バック５回。ラケットを置き腕立て伏せ30回。すぐにラケットを握り18メートル戻る。次は半分、９メートルの地点までダッシュ。サイドステップ、バックステップも入れる。私はひとりでそんな練習を繰り返した。名前のない広場で見えないボールを追い続けた。自分の目標を追い続けた。ハ

ードコートとは違う芝の感触をからだに刻みつけた。

　中学生になる頃にはずいぶん背が伸びた。筋力トレーニングも少しずつ増やしたが、私の最大の武器はやっぱり走ることだった。短距離でも中距離でも陸上部の連中に負けたことはない。私が戦う相手は中学の陸上部ではなかった。私の練習場、名前のない広場の芝には私が走り踏み潰した跡がくっきり残った。私がつけた傷痕。どこでサイドステップを入れたのか、素振りのスタンスの位置もはっきり残っている。ウィンブルドンの芝もそうなのだろう。芝の状態によりボールのバウンドは変わってくる。足も取られるだろう。ずっと準備してきた。広場で走ることはメンタルトレーニングでもあった。18メートルの傷痕は私の力となった。

　ジュニアの大会をサーキットした。肩ならしのつもりでもコートに立ち、相手と向き合えば勝負だ。負けるわけにはいかない。自宅にはトロフィーや賞状が増えていき、両親はそれらを飾るために玄関を改築してくれた。両親にはもちろん感謝している。金色に輝くトロフィー、きれいだが私はそんなのに興味はなかった。ジュニアも、そして日本も私の舞台ではなかった。

　17歳でプロ契約。そして初めてのウィンブルドン。

　その時のことはよく憶えている。飛行機に乗った。何時間乗ったのか。遠かったのかそうでなかったか。機内食はどうだったのか。そんなことは憶えていない。私が憶えているのはあの時の胸の高鳴り。あつく、激しい魂の鼓動。それは今でも私の宝物だ。

　朝、まだ観客の入っていないウィンブルドンのコート。小鳥が遊ぶ緑の絨毯。なぜだろう、私は懐かしい気がした。テレビの衛星中継は毎年観ている。名前のない広場とも似ているがそれだけではない。感じた。テニスに人生を賭けてきた選手たちの汗と涙と気持ちが芝に沁みついている。だから私もここに立つ資格がある。腰を折り、そっと芝を撫でた。やわらかい緑の芝。こみあげてきたのは涙ではなく熱き血潮。そう、私はやっと自分の舞台にたどり着いたのだ。

　私には特別な才能はない。そんなことは分かっていた。だけど誰よりも練習してきた。誰より走り、誰より汗を流したつもりだった。私だけではなかった。ウィンブルドン、この舞台にあがってきているのは全員私と同じような道を走ってきているのだ。私にとって最初のウィンブルドンはすぐに終わった。たいして悔しくはなかった。悔しむ暇などなかった。来年も、そ

の次の年も私はここに来なければならない。

　世界をかいま見た。敵も知った。対戦相手のデータを集め対策を練る、それも大切なことだろう。だけど私は少しでも時間があれば走った。ウィンブルドン。走って走って思いきり手を伸ばしてもラケットのフレームを掠めるだけのボール、何本あっただろう。２本でも、１本でも届いていれば戦況は変わっていたかもしれない。ボールに追いつくためには走るのがいちばんの近道だった。

　専属コーチはつけなかった。ダブルスにも興味はなかった。勝つも負けるもひとりがいい。世界をサーキットした。ランキングもあがった。流した汗は無駄にはならない。そう信じて走った。それだけではなく汗を流すのがうれしかった。明日はもっと強くなる。それがうれしかった。

　恋をしたことがある。たった、一度だけ。それは甘く深い疵として私の中に残っている。三度目のウィンブルドン、帰りの空港でその男に出会った。日本の商社に勤めるその男は空港で私を待っていたのだ。一瞬で惹かれた。逞しく優しく、そして何より私のテニスを理解してくれた。私のテニス、つまりそれは私そのものだ。子供の頃からテニスだけだった、ウィンブル

ドン、その大きな目標のためにいろいろなものを捨て
てきた。ともだちとか恋なんて私には無縁の世界だっ
た。人として、ひとりの女として本能的に好きになっ
た。愛した。そして、愛された。蜜よりも甘い時間<ruby>時間<rt>とき</rt></ruby>だ
った。抱かれた。何度も抱かれた。ベッドの中ではテ
ニスを忘れた。世界でいちばん甘く優しい時間だった。

　男ができたから弱くなった。それは死ぬより嫌だっ
た。弱くはならなかった。彼は練習にも付き合ってく
れた。揃いのウェアを着て、ふたり並んでウィンブル
ドンへの道を走った。名前のない広場、そこを誰かに
見せるのは初めてだった。何年も同じところを走り芝
が擦り切れてしまった私の18メートル。私がつけた傷
痕。腰を折った彼が優しくそこを撫でてくれた。私の
歴史が刻みこまれた緑の芝。この男<ruby>男<rt>ひと</rt></ruby>は私の全てを愛し
てくれている。胸が締めつけられた。彼の背中にしが
みついた、7月の夕日よりあたたかな背中だった。

　私は走った。彼が声を出してくれた。9メートルダ
ッシュ。ジャンプ、バック3メートル、右2メートル、
フォアスイング、ダッシュ9メートル。自分で考えて
走るより、予期できぬ動きのほうが遙かに実戦的だっ
た。いつもひとりで走ってきた。ずっとひとりで戦っ
てきた。彼の存在が私の支えとなった。彼がいてくれ

て私はまた強くなれた。四度目のウィンブルドン。私のベストシーズンであり、ベストマッチだった。

　4回戦まで進んだのは初めてだった。この試合に勝てばベスト8。ネットを挟んで向こう側に立っているのはランキング1位の選手だった。胸が高鳴る。叫びたいほどうれしかった。勝てばベスト8、そんなのはオマケだ。ウィンブルドンの芝の上で世界チャンピオンと戦う。私はこの瞬間のために生き、そして汗を流してきた。満員の観衆はチャンピオンの勝利を疑っていないだろう。上等だ。雲ひとつない青空、水を差されることもなさそうだ。私の夢が、今、幕を開ける。

　壁がそびえていた。世界一高い壁が。弾丸より速いサービス、センターにワイドに深く鋭く打ち分けてくる。重いストローク、強烈なバックハンド。抜けない。いくら左右に振っても追いついてくる長い足。クールな表情で決めてくるドロップショット。私を散々振り回してここぞという時にネットに出てくる。抜けない。どんなにいいロブをあげても返してくる。私よりほんの少し背が高いだけなのに世界一高い壁だった。金髪をなびかせて緑の芝を駆ける世界チャンピオン。私は誰よりも走ってきたつもりだった。だけどもっと走ってきた女がいる。そんな相手に出会えたことがうれし

かった。

　芝の呼吸がきこえる。芝のぬくもりが足に馴染んで
いる。コートが見えている。相手が見えている。自分
が、視えている。風もない、最高のコンディション。
私は自分の力を全て出すことができた。思いきり、振
った。飛びつく世界チャンピオン。なんでそれに届く
の？　だが返ってきたのは力ないチャンスボール。サ
イドラインの外で両手両脚を芝につけているチャンピ
オン。容赦はしない。逆サイドに力いっぱい叩きこむ。
どうして？　なんであなたはそんなところを走ってい
るの？　今、逆サイドでコートに這いつくばっていた
じゃない。なんでボールを追いかけられるの？　まる
でスローモーションだった。美しい顔を歪めて私のス
マッシュに飛びこむチャンピオン。リターン。私の脇
を抜けていくレモンイエローのボール。倒れこむチャ
ンピオン。一瞬の出来事だったのにスローモーション
の映像のように鮮明に残っている。静まり返ったスタ
ジアムにけものの咆哮が轟いた。両の拳を天に突きあ
げる美しきブロンドのけもの。それに呼応するように
観客の大声援がスタジアムを揺らした。鳥肌が立った。
ウィンブルドンが、揺れている。あつく震える緑の芝。
私の舞台、ウィンブルドンが喜んでいる。完璧なオー

ルラウンドプレイヤー、彼女最大の武器は私より走る足だと思っていた。そうではなかった。ウィンブルドンの青空をも揺さぶる熱き魂。世界一の女はそれにふさわしい武器を持っていた。立ちあがり、私に笑顔を向けてくるナンバーワンプレイヤー。終わった、のか。鳴り止まぬ拍手と大喚声。ジャッジの声は私に届かなかった。私は、負けたのか。ゆっくり近づく。ネット越しに握手を交した。しなやかで力強い手。チャンピオンが私の頬に口を近づけてくる。何か言っている。ロシア語だ。

「来年もここで会いましょう、ヒロミ」

　たぶんそんな意味だ。次は私が勝つわ。それだけのロシア語がどうしても浮かばなかった。

　バッグにラケットをしまった。一瞬、戻り道が分からなくなった。仕方がないので勝者の背を追った。鳴り止まぬ拍手の中を歩いた。私はどんな顔をしていたのだろう。ウィンブルドンの芝がやけに重かった。

「足は大丈夫かい？」

　彼にそう言われたのは帰りの飛行機の中だった。ゲームセットの瞬間から私の足の動きが少し変だったという。自分では分からなかった。日本に着きタクシー

に乗りこむ時、初めて右足に違和感を覚えた。傷みが鈍い分嫌な気がした。そのままタクシーで病院に向かった。

　無茶はしてきた。覚悟もしていた。私は誰よりも走ってきた。自分のやりかたで戦ってきた。膝が、限界を越えてしまったということだった。元に戻ることはないが日常生活に支障はないし、スポーツもできないことはないと言われた。世界の頂点を知った。壁を越えるためには今まで以上に走らなければならない。医者の見解はどうでもよかった。だけど、私の膝が、私のからだが分かっていた。今までと同じように走れない。あの時以上に走ることはできない。たいして迷わなかった。迷って戦える世界でもなかった。

　幕を降ろした。

　早すぎる引退。テレビのスポーツニュースも新聞もそんな見出しだった。誰よりも走ってきた、誰よりも、汗を流した。自分のために戦ってきた。駆けぬけた21年。他人から早すぎるなどと言われる筋合ではなかった。テニスだけだった。そんな人生に自分でピリオドを打った。

　プロポーズされた。世界一私を愛してくれる男（ひと）から。

引退して走ることを止めてしまった私。ずっとテニスをやってきた。それだけしかなかった。空気の抜けた風船のような私。私の全てを愛してくれる男、彼なら私を守ってくれる。分かっていた。なのに、受けることができなかった。愛してる。世界中でいちばん好きなのに、受けることができなかった。なぜだろう。彼を苦しめたくなかったから？　自分自身が苦しみたくなかったの？　分からない。私は彼を愛している。自分の口から別れを告げることはできなかった。ただ黙って距離をおいた。それがいちばん残酷なことだと知りながら。

　生活に困ることはなかった。テレビ中継の解説、雑誌の仕事、公演会。呼ばれればどこにでも出かけた。壇上でマイクを使って喋る。そんな大嫌いなことを平気でやった。スポーツウェアに身を包み、ラケットを握って喋った。過去なんて他人に語ることではない。だから語った。何でもいい、私は痛みを必要としていた。

　テニススクールはどこにでもある。子供とボールを打ち合うのは好きだった。それだけだ。私には子供を指導する資格はない。私のテニスは私だけのテニス。子供に教えることなど何もなかった。

　小さなマンションを購入した。

　携帯電話を買った。ずっとテニスだけだった私にともだちなんていなかった。ただ仕事の連絡用のためだけに買った。

　教習場に通い始めた。ファッション誌を何冊か買い、髪を染めた。ネイルアートもやった。おもしろくない、退屈だった。

　パチンコ、競馬、競輪をやった。夢中になれない。何か違う。私はどこにいるのだろう。自分の居場所が分からなかった。自分が、見えなかった。

　中古車を購入した。赤のランチアテーマ。ランチアという名は憶えていた。子供の頃、兄が模型を作っていたからだ。ラリーに強い車、そんなことも言っていた、あの時の車と型は全然違うけど、私は名前だけでランチアを選んだ。

　夜が明けきってない峠をいつもひとりで走った。何度も走ったコース。1のコーナー、どこまで我慢できるか。ブレーキのタイミング、頭の中でカウントを取った。そこに小さなスリルをみつけた。限界を越えたことはない。バンパーをぶつける程度の小さなスリル。機械のことは分からない。多少の無茶はしただろう。それでも大きな故障はなかった。車屋の男が言った通

り、タフな車だった。週に２日は峠を走った。自分の居場所をみつけたとは思わなかったけど、朝の空気は気持ちよかったし、ひとりで走るのは嫌いではなかった。

　寒い冬だった。連日雪が降り、街を白く染めた。降ってる雪はきれいだが積もった雪は交通を麻痺させ、女たちの靴を汚す。だがどんなに寒い冬でも終わりはある。季節とは、流れるものだから。

　桜が咲き誇り、風がそれを散らした。季節は移ろう。白、ピンク、そして緑、新しいウィンブルドンの時期になった。衛星中継のゲスト解説を依頼された。受けた。そろそろ逃げるのには飽きていた。私は１年前の自分と向き合う必要があった。

　１日だけ実家に帰った。母が録画しておいてくれたビデオを観た。画面の中の私は眩しかった。きらきらと輝いている。これが私なのか。負けてない。コートを駈けまわるブロンドのけもの。そして、私も一匹のけものだった。生きている。画面の中の私は力強く生きている。１時間55分。そんなに戦っていたのか。テープを止めた。ラストシーン、見る必要はなかった。あの場面、今も私の中にくっきり残っている。

　両親と３人での夕食。母の料理はやっぱりおいしか

った。庭に出る。アキという老犬が私に飛びついてきた。犬の15才というのは人間ならいくつくらいだろうか。かなりのおばあさんのはずなのにまるで仔犬のように甘えてくる。傍らに黒く丸い物が転がっている。15年前、私があげたテニスボール。ずっとテニスボールだけを追いかけてきた。それだけが遊びだった。アキも私と同じだ。黒く汚れたボールを拾いあげ、転がす。尾を振って追いかけ、しゃがんでいる私の膝の上にくわえたボールを持ってくるアキ。同じだ、あの頃と。私はアキの首を抱きしめた。20キロくらいある大型の白い雑種犬。この前抱きしめた時より少し痩せたような気がする。だけど変わってない。ボールを追いかける姿と眼の輝き、テニスラケットのガットの上に乗れるほど小さかったあの頃と同じだ。変わるわけがない。季節は色を変え、時は流れる。だけど気持ちは流れない。どんなに靴の底が擦り減ろうが、雪がいくら降ろうとも、たとえボールが土の塊みたいになっても想いは変わらない。前にもこんなことがあった。15年前からずっとこうしてきた。私はまたアキに力を分けてもらった。

　しばらくアキと遊び、両親におやすみを言ってランチアに乗りこんだ。ウィンブルドンへの道をゆっくり

走る。この道を車で走るのは初めてだった。名前のない広場、ここに来るのは1年振りだ。私はもう1年も自分の足で走ってなかった。エンジンを切り、ドアを開ける。月あかりでぼんやり浮かんで見える私の18メートル。1年経つのにまだ芝は生え揃っていない。私がつけた傷痕はまだ残っている。いずれ消えてしまうだろう。だけど、消えない。私の過去が消えるはずがない。ランチアに乗りこみ、エンジンをかける。マンションに向けて車を走らせた。もう他に寄るところはなかった。

　緑の芝がやけに遠くに感じられた。ウィンブルドンが、遠かった。去年は私もあそこに立っていた。そう、それはもう過去なのだ。ウィンブルドンの歴史の中では私の存在などほんの一瞬でしかない。それでも幻ではなく、私はあの場所に立っていたのだ。緑の芝には私の汗が染みついている。私の、想いが沁みついている。芝がところどころ痛んでいる。ウィンブルドンの傷。私も駈けた。私がつけた傷も残っているはずだ。すごいところにいたんだ。今初めてそれに気づいた。現役を引退して1年、私は今でも仕事としてテニスに関わっている。他人のテニスを見て、喋って、お金を

得る。夜明け前の峠で車を走らせ、ビールを飲み、つめたいベッドで眠る。そんな生活に満ち足りなさを感じるのは仕方のないことなのかもしれない。世界が違う。全てが違う。ウィンブルドンだけを目指していたあの頃とは別の世界にいるのだ。そしてたぶん今があたり前なのだろう。これがふつうの生活というやつだ。私はお金のためにウィンブルドン衛星中継の解説者の席に座っていた。

　試合が始まった。実況のアナウンサーに意見を求められれば口を開いた。テレビ中継の解説の仕事はこれまでに何度かやっている。喋るのは得意でないと思うのだがどういうわけかよく依頼される。私は他人のテニスを観るのが嫌いではない。冷静に、たぶんコート上のプレイヤーが見えてないところまで見える気がする。だがこの年のウィンブルドンは退屈だった。ランキング１位、あの世界チャンピオンが欠場していた。いや、もう１位ではなかった。彼女はフレンチオープンにも出てなかった。膝を痛めたという話をきいた。私と同じなのだろうか。
「来年もここで会いましょう、ヒロミ」
　私は言葉を出すことができなかったけど気持ちは伝わったはずだ。あの時のチャンピオンの美しい笑顔は

鮮やかに残っている。果たせなかった約束。それを知るのはふたりだけだ。

　順調に第１シードの選手が優勝し、大会は終わった。私がいなくてもウィンブルドンは始まり、そして終わる。来年も、その次の年も。ウィンブルドンがだんだん遠ざかっていく。私はこれからどこへ行くのだろう。

　仕事で何度かいっしょになったテレビ局のスタッフ４人が麻雀を打ちに行くというので私も同行させてもらった。私は麻雀を知らない。後ろで見ていただけだ。だけど、おもしろかった。人と人との勝負。自分の正面に敵がいる。そして、右も左も敵だ。戦術がある。それぞれの思惑がある。技術や気持ちだけではどうにもならないものもある。気に入った。何時間も４人の後ろで見ていた。４人それぞれの手の内を見てまわるのではない。ひとりの後ろに座り、自分がその打ち手になったと仮定する。ルールは分からなくても流れというのが見えてくる。今誰が強いのか。どこが弱いのか。自分がどんな立場なのか。次にあがる人を予想する。勘ではなく場の空気を読む。的中することもあれば外れることもある。なぜ、外れたのか。戦略や技術とは別に麻雀には何かが介在する。知ってるようで知らない何かが。時の経つのを忘れた、気がつけば朝に

なっていた。喫茶店で時間を潰し、10時になると本屋に行った。ルールブックと戦術本、2冊選んで購入した。他人の戦術を真似するつもりはないが知っておく必要はある。一晩、ルールを知らずに他人の麻雀を見た。その後でルールブックを目にする。なるほど。まず始めにルールを覚えてからラケットを握るよりこちらのほうが合理的のような気がする。2冊全てに目を通すと、いても立ってもいられなくなった。週末が待ち遠しかった。

テレビ局のスタッフに付き合ってもらった。麻雀荘というのはどこにでもあり、レートはたいてい決まっているが仲間内でやる時は自分たちで決めていいらしい。1000点100円。初めて麻雀を見た時と同じ店、同じレートで打つことになった。私の初麻雀。開始してからすぐに不思議な気分になった。この前と違う。見ていただけの時と、実際に自分が打つのでは何かが違う。あの時、ルールも分からずただ後ろから見ていただけなのに流れが読めた。それなのに今は何も見えない。知らない空間に迷いこんでしまったような不思議な感覚。初めての緊張からではない。自分の指で牌を握ることによって特別な何かが生まれ、見えないものまで見えるような気がする。なのに、何も視えない。

暗闇の中とは違う。1000人の自分がいて、その中から
ひとりだけ本物の自分を選ぶのが難しいような……。
よく分からないがおもしろい。この感覚は病みつきに
なりそうだ。このゲーム、誰が考えたのだろう。麻雀
の麻は麻薬の麻なのかもしれない。隣りの卓は女4人
のグループで時折笑い声もきこえる。テレビ局のスタ
ッフたちは先週と同じで無駄話もせず真剣な表情をし
ている。1000点100円のレート。リーチが100円、子の
満貫が800円、親の役満でも4800円だ。もちろんお金
は取られるより貰ったほうがいい。それが狙いの人も
いるだろう。お金ではなく他の何かに夢中になる人も
いるはずだ。それぞれの麻雀。私はどうなのだろう。
引退して1年、ずっと退屈していた。何をやっても熱
くなれなかった。それがふつうの生活だと思いこもう
とした。先週、麻雀に出会った。おもしろいと思った。
1週間でルールを覚え、他のことも少しだけ知った。
コンビニエンスストアには麻雀の専門誌が並んでいて、
競技麻雀や麻雀プロの存在を知った。それ以外にも麻
雀で生計を立てている人がいるらしい。私には遠い世
界だ。麻雀はおもしろい。だが私にとってテニス以上
の存在になりはしない。自分の居場所をみつけたとも
思わない。ただこの一時、麻雀という不思議な空気の

中に身を置くのは悪くない。時間を忘れる。相手のリーチ、捨牌の中にヒントがあるのは知っている。だが読めない。だから読まない。自分にとって不用な牌を捨てるだけだ。あたる時はあたる。だがあたらない場合が多い。捨牌から読む。だから捨牌に罠を仕掛ける。それに嵌まったら悔しい。相手の捨牌を見ずに振ったのなら罠に嵌まったことにはならない。攻撃型の麻雀というより守る術を知らないだけだ。４人で卓を囲む、これも難しい。先週の４人からひとり抜け、初心者の私が入る。それだけでバランスが崩れる。もっと大きな何かも変わる。だから先週の麻雀とは質が違うのだ。半荘２回で席を変える。席順が変われば麻雀も変わってくる。相手は３人、同じように見なくてはならないが私はやっぱり対面の敵が気になる。テニスでは横に敵はいなかったからだ。麻雀にはチーというのがある。左の敵から牌を貰え、右の敵に牌を奪われる。そこだけ考えれば下家を警戒すべきだが私は対面の相手が気になる。ラケットは握っていない。ボールも、ネットもない。それでも正面から眼を見ることができる。時を忘れた。気がつけば朝になっていた。

　精算をした。私の初麻雀、300円勝っていた。財布ではなくジーンズのポケットにそのまま落としこんだ。

店の外に出る。朝日が眩しい。大きく背伸びすると頬がピリッとした。徹夜麻雀は肌に悪いようだ。テレビ局のスタッフに手を振って駅に向かった。勤め人の流れに逆行する、そんなのも愉しみにしてたが人は疎らだ。そうか、日曜日なのか。切符を買いホームで電車を待った。ホームに小さな売店があった。ジーンズのポケットからコインを取り出す。私の初麻雀での勝ち分。コーヒーより野菜ジュース、そんな気分だった。

　夜が来て、夜が終わる。仕事をして銀行口座にお金が振り込まれる。車を走らせ、麻雀を打ち、夢もみずに眠り朝を迎える。

　また夜が来て、何もしなくても夜が終わる。どんなにつめたい夜でもそれは終わる。そして朝日が昇る。昨日と同じだ。明日も、きっとその次の日も。

　春には春の風が吹き、秋には秋色の夕日が街を黄昏色に染める。あたり前のように季節は流れ、退屈を退屈と感じなくなりそうな自分が怖かった。

　白、ピンク、緑。何もしなくても季節は色を変える。どんどん遠くなる。離れていく。痛みが、遠くなる。毎年ウィンブルドンの仕事をした。私のいない、ウィンブルドン。この時期になるといつも同じことを考える。もう芝は生え揃っただろうかと。私の18メートル、

　私がつけた傷はどうなっただろうか。見に行けなかった。あれはもう過去なのだ。

　24才になった。走り始めた。体型が気になり始めた。そんな理由で走り始めた。夜明け前、トレーニングウェアを着てランチアに乗りこむ。いつもの峠、コーナーを攻めて頂まで上（あが）る。車から降り脇道を下（くだ）る。雑草や小石が散らばるダート。下まで行く頃にはからだはあたたまっている。腕時計のストップウォッチのボタンを押し、ダッシュで駈け上る。どうせ壊れた膝だ。今さら心配することはない。朝日を背に浴びながら走る。何も考えない。甦ってくる遠い何かを振り払うために力をこめて足を出す。ランチアのミラーに触れ、ストップウォッチを見る。24分06秒。息は切れ、足は固くなっている。それでも最初の日より1分以上速くなった。峠の脇道を走る。それだけだ。いくら速く走ってもその先には何もない。それでもよかった。汗を流す悦びを、私は思い出していた。

　高速道路を走らせるのは久し振りだった。平日の昼過ぎというのはこんなに空いてるものなのか。今、ランチアの近くに他の車はいない。私は110キロでのんびり走らせていた。10月、私が一番好きな季節だ。高

い空、日差しや空気も気持ちがいい。高速運転中は窓を開けない。それでも風を感じることができた。赤のランチアテーマ、やっぱり快調だ。何日か前に整備に出した。車屋の男はボンネットを開ける前に自分でハンドルを握り、しばらく街の中を走った。荒っぽく、そして静かに。久し振りに帰ってきた恋人に会ったような顔でハンドルを握っていた。そんな男が快調だと言った。機械が分からない私に文句があるはずもない。

「バンパーの傷はどうする？」

　男がまっすぐ私を見てきた。

「そのままでいいわ。どうせ私がつけた傷だし」

　男が鮮やかに笑った。見憶えのある笑顔。一時（ひととき）、そんな笑顔にいつも包まれていた。そんな笑顔にいつも愛されていた。考えないようにした。この男は車屋の尾崎という男だ。他の誰でもない。そんな、笑顔がさわやかでそのくせどうしようもなくひとりが似合う男の店で買った赤いランチアを私は気に入っていた。

　背中が何かを感じた。得体の知れぬ、何かを。バックミラーに現われたのは黒い怪物だった。まだ遠い。それでも私の背中は緊張した。ミラーの中の怪物が大きくなってくる。ランボルギーニカウンタック。すぐ後ろまで迫ってきている。ドライバーは女だ。ミラー

154

から怪物が消えた。ぞくりとした。まだ感じる、圧倒
的な存在感。ランボルギーニは私のすぐ左にいた。凄
まじい圧力、私は力いっぱいハンドルを握りしめた。
吹き飛ばされそうな気がしたからだ。並走したのはほ
んの一瞬、私を抜いた怪物は車線を戻すとまるで翔ぶ
ように路面を進んでいく。遠ざかる、巨大なリアウイ
ング。ジェット機のような迫力と、けもののしなやか
さを合わせ持っている。ランボルギーニカウンタック、
オリジナルではなくアニヴァーサリーというやつだ。
写真の中のスーパーカーではなくきちんとした足を持
っているようだが、あんな重そうな車体では峠は走れ
ないだろう。追いかけようという気は起きなかった。
高速道路で最高速を競う、そんなのにスリルは感じな
い。

　おなかが空いていることに気づいた。ひとつ前のイ
ンターチェンジで降りる。知らない街でおいしそうな
店を探すのは面倒だった。というより我慢できない。
コンビニエンスストアを探した。どこの店でもおにぎ
りやサンドイッチは置いてある。看板が見えたのでウ
インカーを出した。

　コンビニエンスストアの駐車場で黒い怪物が私を待
っていた。牙は剥いていない。静かに、そして優雅に

私を待っていた。女はランボルギーニの低い車体に腰をかけ煙草の煙を吐いている。ジーンズの足が長い。黒いタンクトップに黒いサンダル。黒が女の白い肌をいっそう引き立て、色白の小顔に鮮やかなリップが眩しい。ランチアのエンジンを止め、ドアを開けた。女が笑顔を向けてくる。

「さっき会ったわよね」

　女は私の車を憶えていた。何者だろう、この女。車にもたれて煙草を吸っている。それだけなのに一分（いちぶ）の隙もない。この女も勝負の世界に身を置いているのだろうか。

「退屈そうな顔してるわね。私と、勝負しない？」

　女がまっすぐ私を見つめてくる。その静かでやわらかな視線に戸惑った。ランボルギーニカウンタック、信号や交通量の多い一般道でレースをしようというのか。

「違うわよ。私は免許を取ってまだ１週間しか経ってないわ。運転じゃあ勝負にならない。麻雀よ」

　私はまだ何も言っていない。私の視線から考えてることを読みとったのか。相手の仕草表情を観察する。勝負の世界では当然のことだ。女は店の出入口まで歩き、スタンド式の灰皿で煙草の火を丁寧に消して戻っ

てきた。ドアが上に開いたままのランボルギーニのコクピットにからだを滑りこます。無駄のない動き、女の右手がキーに伸びるのが見えた。ずしり、とおなかに響く音。眠りから醒めた黒い怪物。地面が、そして空気が震えている。女はドアを開けたまま方向転換した。それはドアというより翼に見える。片翼だけ広げた黒い怪物。それを操っているのは嫌になるほどの美女だ。まるで映画の中にでも迷いこんだ気がした。女が指で後ろにつくよう合図している。まいった。私は何も言ってない。勝負を受けるとも、受けないとも。あの女は私をどう観察したのだろう。そして、見抜いている。私という女を。手強い。だからおもしろい。喧嘩を売られたという気はしなかった。心踊る期待感。パーティーが始まる、そんな予感だった。ランチアのエンジンを回し、いつの間にか翼を閉じたランボルギーニの後ろについた。

　前を行くランボルギーニは低速でも安定した走りをしている。そして圧倒的な存在感。対向車や通行人、全ての視線が前を走る黒い怪物に集中しているようで私は顔があつくなるのを感じた。あの女、見られることに慣れているのか。もしかすると女優かモデルなのかもしれない。私はあの女から強さを感じた。強さと

は何だろう。勝負の世界、スポーツ選手ということか。陸上競技やソフトボールではない。肌が白すぎるからだ。タイトなジーンズ、スイマーの筋肉とは違う。バレーやバスケットなどの室内競技をやっているとしても初めて見る顔だ。日本のトップレベルということはないだろう。バレーやバスケットでからだを鍛え、モデルになった。モデルや女優ならたとえ一流でも私が顔を知らなくて当然だ。しかしあの隙のない優雅でしなやかな身のこなし、日本舞踊やクラシックバレエ、そんな世界の女なのかもしれない。

　大通りから外れ、しばらく走ったところでランボルギーニが停まった。翼が跳ねあがり、女が優雅な仕草で地上に舞い降りた。手に革ジャンパーを持っている。私もランチアのキーを抜き、車から降りた。私を待っていた女がひらりとガードレールを跳び越えた。しなやかなけもの。なぜだろう、私はその動きに懐かしさを感じた。何かの店だろうか。STARGAZER と小さく書かれた扉を女が開けた。私も続く。重々しく酒瓶が並んだカウンター、そこに背中がひとつあった。

「おはよう、黒川さん」

　女が弾んだ声を出した。背中がゆっくり動く。まるで、スローモーションのように。

「やあ」

　サングラスの男がさわやかな笑顔を見せた。それだけだ。すぐ向き直る。男はカウンターに新聞を広げているようだ。女が奥へ進んだので私も続いた。麻雀卓がいくつかとＬ字型のソファー。小さなステージがありオルガンがぽつんと置いてある。奥の麻雀卓、女が椅子を引いてくれたので礼を言って座った。女は私の対面（トイメン）の椅子を引き、革ジャンパーのポケットから小さな箱とライターを取り出しサイドテーブルに置いた。ＨＯＰＥという字が読める。煙草のようだ。革ジャンパーを椅子の背にかけている。10月、日中は半袖で十分だが夜には上着が必要な時期だった。店内を見回す。天井が高く、窓が多い。ＳＴＡＲＧＡＺＥＲか、なるほど。夜、明かりを落とせば月光や星空の中で酔えるかもしれない。

「粋なお店でしょう」

　街の麻雀荘とは全然違う。高級とか洒落たなんて言葉は似合わない。そう、粋なのだ。女と眼が合った。

「黒木小百合よ」

　女が麻雀卓に指で字を書いてくれたので私も橘広海（ひろみ）と書いてみせた。

「広海か、素敵な名前ね」

「ありがとう」

　黒木小百合が麻雀のルールを説明し始めた。ふたり麻雀。100点棒を５本渡された。それが消えれば負け。満貫しばり。ポンとカンはあり、チーはなし。裏ドラ、カンドラあり。

「リーチで裏ドラが３つ、なんていうのもオッケーよ」

「裏が乗らなかったら？」

「チョンボはマイナス２本ね」

　小さなスリルというわけか。しかしまだ大事なことをきいていない。

「何を賭けるの？」

「夕食なんてどうかしら。ディナーというより晩めしみたいなのが好きなのだけど」

　ひとつ思い出した。

「お昼もまだだわ」

「私も。おなかが減ったわ」

　黒木小百合がカウンターの背中に声をかけた。ゆっくり立ちあがった背中が奥へ消えていく。

「あの男(ひと)は料理人なの？」

「ただの留守番。そう言ってたわ」

　なるほど。よく分からない男、というのが分かった。

「親を決めるわよ」

　裏返しの麻雀牌を1枚ずつ引いた。私が🀫で黒木小百合が🀏。運は強いようだが親といってもただの先手番、取られてどうということでもない。麻雀を打ち始めて3年、テレビの仕事の後はたいていスタッフと囲む。それ以外はフリーだ。街の麻雀荘で知らない人たちと囲む。緊張したのは初めの頃だけで、それはいつの間にかスリルでなくなっていた。仕事で大阪に行った時は3人麻雀をやる。通常の麻雀よりそのほうが勝率が高い。私に合っているような気がする。ふたり麻雀というのは初めてだ。1対1の勝負、敵は正面だけ。分かりやすくていい。私の食事量が半端でないことをこの女に思い知らせてやる。

🀙🀙🀏🀠🀡🀢🀢🀀🀀🀂　　🀄

　最初のツモが🀢だった。満貫しばりか。自風はあるが場風はつかない。親が東で対面の私が西だ。しかし🀀がドラだった。七対子、ドラ2では足りない。□、ドラ3が手っ取り早いが□やドラが3枚集まるとは限らない。とりあえず🀏を捨てる。速い、すぐにツモ番が回ってくる。それも、🀏だった。なるほど、1対1の勝負だ。通常の4人で打つ麻雀とは違うゲームと考えたほうがいい。4人いれば4人それぞれが牌

をツモり牌を捨てる。対面だけでなく左右にも敵がいる。私が捨てる牌でロンあがりを狙う敵が３人。私に放銃する獲物も３人。今、私の敵は対面の黒木小百合ただひとり。そして１本勝負ではない。守りは考えない、攻め100パーセントでいく。しかしこの女、何者なのだろう。免許を取ってまだ１週間と言っていたが、ランボルギーニを自分のからだの一部のように操っていた。あの黒い怪物を完全に飼い馴らしている。優雅で隙のない牌捌き、そしてやわらかな眼差し。スポーツ選手のそれとは違うような気がする。まるで映画の中の女スパイのような雰囲気を纏っている。こんな女が、いるんだ。

　７巡目、西が重なった。西は対面の河（ホー）に１枚出ているが東と□はまだ姿を見せていない。満貫確定、打中。

「カン」

　黒木小百合の静かな声、私が捨てた中を拾いあげ、４枚表にしてリンシャン牌に手を伸ばす。やられた。黒木小百合が手を倒す。

ツモ
東

「リンシャン、中、ドラ２。まず１本ね」

　黒木小百合が私の100点棒を１本つまみあげ、引き出しにしまう。あの手ならリーチをかければ満貫確定だがあがり牌がなければどうにもならない。私の東２枚が見えるはずはない。リンシャン牌が東だと分かるわけがない。ただの偶然か。違う。私も感じた。彼女が大明カンを入れた時、やられたという気がした。何も見えはしないのにそう感じた。これが麻雀、卓を囲み、牌を捨てることによって見えないものまで見えてしまう。錯覚かもしれない。それも含めて麻雀なのだ。黒木小百合、やはり勝負を知っている、５本中の最初の１本の大きなことを、こんなあがりを決めれば圧倒的優位に立てる。確率的にはかなり低く、そして外せば満貫手から遠ざかる。鮮やかな、賭け。５本で夕食、その内の１本。そんな勝負ならたいしたリスクでもない。だがこの女ならもっと大きな勝負でも平然とやってのけるだろう。もっと大きな勝負とは何なのか。大金やら誇りなんていうのを賭ける麻雀もあると

きく。この女はそんな世界の住人なのか。おもしろい、燃えてきた。

「次、いくわよ」

　自分の声の大きさに驚いた。黒木小百合が笑っている。

「まず食事よ、広海。この匂い、たまらないわ」

　いきなり呼び捨てにされたのがうれしかった。そうなのだ、この匂い。たぶんチャーハン。私が苛立っているのはこのせいだ。煙草の箱を掴んだ小百合に背を押されるようにしてカウンターのスツールに移動した。小百合はカウンターの中に入り、おしぼりと氷水を用意してくれた。慣れている。

「小百合はここの常連なの？」

「この時間はね。営業中はあまり来ない。だから常連客じゃないわ」

　煙草に火をつけた小百合がいろいろ話してくれた。午前中はいつもここで麻雀卓を磨いたり、店の周りのゴミ拾いをすると言っている。仕事ではないらしい。お金を貰わないのになぜ、ときく気にもなれない。この女、やはり私の常識とは違う世界に住んでいる。小百合が煙草の火を消した。近づいてくる、チャーハンの匂い。サングラスの男が大きなトレーを持って現わ

れた。チャーハンとスープが湯気を立てている。チャーハンのおいしそうなのは匂いだけではない。たまご、ねぎ、チャーシュー、じゃこ、紅しょうが、いろどりも申し分ない。しかも、大盛りだ。あのサングラスの男が私の食欲を知ってるはずもないのだが。いただきます、という小百合の声がきこえた。私もチャーハンにスプーンを突き立て、口に入れる。あつい。そして、おいしい。ふわふわのたまごがたまらない。立ちあがった小百合がやわらかな動きでカウンターの中に入っていく。女豹のように、しなやかに。その動きはやっぱり懐かしい気がする。獲物を捕えて戻ってきた小百合が私に分け前をくれた。キンキンに冷えたバドワイザー。

「ありがとう」

　私もビールが欲しいと思っていた。

「小百合は走るのは得意なの？」

「追われたら逃げる。いつも自由のために走ってきたわ」

「逃げる？」

「捕まったら面倒でしょう」

　何だか分からないけどおもしろい。その話、もっとききたいけど後でいい。食べるのに夢中だった。熱い

チャーハンともっと熱いオニオンスープ。いつの間にかビールの横にサラダが出ている。クリスタルの器に大盛りのサラダ。キャベツの千切りとスライスしたオニオン、トマト。フォークで口に入れる。

「おいしい。何、これ」

　野菜がよく冷えている。それより、ドレッシングが特別だ。野菜本来の味を引き立て、さらに食欲をそそる香り。

「悪魔のドレッシングよ」

　なるほど、悪魔の業(わざ)だ。こんなの天使にできっこない。私は子供の頃から野菜が好きではなかったけど、食事もテニスの一部。ただ義務として野菜を食べてきた。だけどこのサラダならバケツ一杯でも入りそうだ。

「あのサングラスの男(ひと)は悪魔なの？」

「違うわ。悪魔から盗んだのよ」

　よく分からないけどやっぱりおもしろい。小百合とあの男はどんな関係なのだろう。黒川さん、と呼んでいた。恋人同士ならそんな呼びかたはしないだろう。いや、この女に私の常識は通用しない。勝負の相手なのに敵という気がしない。賭けてるものが夕食だから、そんな理由ではない。今こうして肩を並べてチャーハンを食べてるから、とも違う。出会ってまだ1時間も

経ってないし、たいしたことも喋っていない。なのに、なぜだろう。近いものを感じる。全然似てないのに似ているような気がする。この女の隣りは不思議と居心地がいい。ミステリアスな美女、あなたは一体何者なの？　きく必要もないことだ。そんなのは自分で見極めればいい。おしぼりで汗を拭う。驚いた。小百合はもうスプーンを置いている。皿だけ残して消えてしまった大盛りチャーハン。小百合はなんともない顔をしている。この女も魔法を使えるのだろうか。

　私が食べ終えるのを見計らったようにサングラスの男が現われた。最初に見た時は後ろ姿、そして振り返ったさわやかな笑顔。今その表情からは何も読みとれない。コーヒーとヨーグルトを配ると無表情のまま奥へ消えていく。ヨーグルトには角切りのりんごとバナナが入っている。口の中で蕩けるバナナとりんごの食感が素敵だ。しかし料理というのはこんなに手早くできるものなのか。私は湯を沸かす以外の用事でキッチンに立ったことはない。あの男、料理人ではないということだが私から見ればこれはプロの仕事だ。カチリ、と音がして白い煙が流れてきた。小百合が人差し指と中指で煙草を挟んだままの手でコーヒーカップを持ちあげている。長くしなやかな指、楽器を演奏するのに

向いてそうだ。音楽家。それも勝負の世界だ。そうか、何もスポーツだけが勝負ではない。生きていく、その中に勝負などいくらでもある。料理だってそうだがあのサングラスの男が他人と料理の腕を競っているとは思えない。会ったばかりの男のこと、分からなくて当然だがあの男も私とは別世界の住人だ。それだけは分かる。私とは別世界、そんなのはたぶんいくらでもあるのだろう。出てきた、サングラスの男。自分のシャツで手を拭っている。

「車を貸してくれ。たまごを切らしちまった」

　低く静かな声。この男の話し声をきくのは初めてだ。やあ。そんなのは話し声とはいわない。

「追われたら逃げるのよ」

　それだけ。小百合はキーを渡さない。サングラスの男は店の扉を開けて出ていった。ランボルギーニのキーは付けっ放しということか。

「逃げるってどういうことなの？」

「あの男は免許を持ってないのよ。追われたら逃げる、それがいちばん簡単だわ」

　なるほど。しかしランボルギーニのドライバーが無免許だとは誰も思わないだろう。怪物の咆哮が轟いた。眠りから醒めたランボルギーニが動き出す。いい音だ。

168

あの男も怪物を飼い馴らしている。立ちあがった小百
合がカウンターの棚から透明なボトルを持ってきた。
「ウォッカよ」
　私の顔を覗きこんでくる。私は首を横に振った。私
にとってお酒とはビールと日本酒だけだ。小百合はグ
ラスを使わずボトルに直接口をつけている。バーボン
ウィスキーはそんな飲みかたをするときいたことがあ
るけどウォッカもそうなのか。この女、きれいで上品
なのにそんなのも絵になる。何者なのかまだ見えてこ
ない。化粧は薔薇のようなリップだけ。携帯電話も腕
時計も一切の宝飾品も身につけていない。持物は
HOPEという煙草とライター、革ジャンパー、そし
て黒いランボルギーニ。私の手首には男物のスポーツ
ウォッチが巻きつけてある。彼から貰った時計。買っ
てもらったのではなく、彼の手首にあったのをねだっ
たのだ。私の大切な時計。シャワーの時も外さない、
眠る時もいっしょだ。いつもいっしょに時を刻んでい
る。
「広海はいつもどんな走りをするの？」
　一瞬何をきかれたのか分からなかったがすぐに車の
ことだと気づいた。
「山よ」

「山？」

「峠というのかしら。早朝、人気(ひとけ)のない山道を走るのが好きなの」

　朝の空気は気持ちがいい。もっとも、自分がそれを汚しているのだけど。

「小百合はどうなの？」

「まだよ。車が届いたのが昨日だし」

「うそ！」

　高速道路で怪物の牙を感じた。駐車場での鮮やかな切り返し、あんなの初心者の技ではない。おかしいと思ってた。この女、美人で優雅で強くてかわいすぎる。やっぱりふつうの女ではない。どちらかといえば悪魔に近いのだ。

「何で黒なの？」

「なに？」

「ランボルギーニよ。イタリア車にはやっぱり赤が似合うんじゃないかしら」

　つまらないことをきいた。悪魔には黒が似合う、そんなの分かってるのに。

「黒なら血がついても目立たないと思ったの。そうね、赤でも血は隠せるかもね」

　意味が分からない。

「黒川さんとの関係は？」

「共犯者よ」

　渇いた声、それは砂漠だった。砂と風、それ以外何もない夜の砂漠。水も緑もぬくもりもない寂しい砂漠。叫び声をあげても誰にも届かぬ砂漠。この女、そんなところで生きてきたのか。それでも、ひとりじゃない。共犯者がいる。私はどうなのだろう。腕時計に眼をやる。１時46分36秒、37、38、39、時間（とき）は確実に流れていく。走っても、立ち止まっても流れていく。想っても、紛らわそうとしても。誰にも止められない。私には、どうすることもできない。立ちあがった小百合がふたり分の食器を抱えて奥へ入っていく。水を使う音がきこえてくる。共犯者という意味は分からないけどひとつはっきり分かったことがある。この女、女優やモデルではない。何ひとつ作っていない。まるで生まれたての天使のように有りのままの姿をさらけ出している。いそうもない女がいた。生まれたての天使のくせに大盛りチャーハンを私より早く平らげ、ウォッカをガブ飲みし煙草の毒に酔う。飾らない、裸のままの天使。そんな女とこのSTARGAZERという秘密基地のようなところで夕食を賭け、ふたり麻雀を打つのは楽しい。街の麻雀荘で知らない人と1000点100円で打

つのよりずっとスリルがある。水の音が止み、しばらくして小百合が戻ってきた。手に小皿を持っている。
「冷蔵庫にチーズがあったわ」
　まるでいたずらっ娘の笑顔。そんな顔、たぶん私にはできない。小皿のチーズ、一片つまんで口に入れる。おいしくない。ワインにはチーズが合うらしいがウォッカもそうなのか。小百合がウォッカのボトルと小皿、煙草の箱と灰皿を両手に持って麻雀卓へ歩き始めた。昼食が済めば次は夕食のことを考えなければいけない。スツールを降り、小百合の背を追った。
　サイコロを回し、配牌をとる。

　悪くはない。発が１枚。ピンフ系の手が見えるが発は持つ価値がある。打中。そして三筒ツモ。いいトコを引いてきた。三色が見える。好き嫌いはともかくピンフというのは麻雀の基本形だ。他の役と複合することも多いし、どこの麻雀荘でも一発、裏ドラありのルールを採用している。この店では使ってないようだが赤五筒なんていうのも見かける。ピンフでも満貫になる可能性は高い。それでも発はまだ外さない。私の点棒は４本、それは見なくていい。守りなど必要な

172

い。狙うのは小百合の点棒。リーチ、ツモ、ドラ2で
もいい。形にこだわらない。スピード勝負、それだけ
だ。

🀝、🀝、🀕と有効牌を引いてきた。

🀞🀞🀟🀟🀠🀠🀥🀥 四萬 伍萬 六萬 🀐🀐 🀏🀏 　 🀅

6巡目、まだアタマができていない。🀐はアタマ
ではない。打🀐。次のツモが🀟だった。アタマがで
きたがまだテンパイではない。だから🀅は切らない。
打　。

🀞🀞🀟🀟🀟🀠🀠🀥🀥 四萬 伍萬 六萬 🀏🀏 🀅

ピンズとソウズ、順子<ruby>順子<rt>シュンツ</rt></ruby>より先に🀅が入れば🀟を外す。
タンヤオ、ピンフを捨てることになるがこの🀅は切り
たくない。フィーリング、私の感がそう教えてくれ
ている。ツモ🀞、安いほうだがテンパイ。こうなれ
ば🀅を切る。攻め100パーセント、そう決めていた。
🀐・🀏待ち。もし安目でも手を倒す。裏ドラが乗っ
ている。それに賭ける。

「リーチ」

「ポン」

　私が曲げた🀅を小百合が拾い、🀈を捨てる。小百合

は満貫確定、１本目のような博打ではない。私のツモ、🀤。小百合の手が山に伸びる。獲物を狙う女豹のうに、しなやかに。

「捕まえたわ」

　小百合がツモった牌を晒した。🀙だった。

🀙🀙🀙🀙🀙🀙🀙🀙🀙🀙　🀤🀤🀤

ポン

ツモ
🀙🀙

　鮮やかなオールグリーン。だけど……

🀥🀙🀙🀙🀙🀙🀙🀙🀙🀙🀤🀤

　この形でテンパイ。そして私が出した🀤であがらなかった。ホンイツ・🀤・ドラ３では不満なのか。

「満貫しばりよ」

「麻雀を始めて５ヶ月。まだこの役はあがったことなかったの。ふたり麻雀だけどそのチャンスがあった。広海、あなたならどうする？」

　なるほど。

「当然狙うわ」

　私も緑一色はあがったことがない。街の麻雀荘ではどこの店でも壁に役満をあがった人の名前とか写真が

174

飾られている。役満は麻雀の華なのだ。たとえふたり麻雀でもチャンスがあれば狙うに決まっている。四暗刻は３回、国士無双は２回、それに大三元もあがったことはあるが緑一色というのは他人のあがりを見るのも初めてだ。なるほど、そういうことか。１本目のあがりもそうだった。小百合は博打を打ったのではなく、麻雀を楽しんでいるのか。麻雀を始めて５ヶ月と言った。麻雀プロ、と言われても頷ける鮮やかな牌捌き。だがこの女の一番の強さの理由は麻雀を打つその姿勢なのだろう。

「今思ったのだけど……」

　小百合は自分の緑一色を見ている。

「🀅なしの緑一色というのもあるのよね」

　🀅なしの緑一色。🀑・🀒・🀓・🀔・🀗だけで作らなくてはならない。出現率はかなり低いだろう。ソウズだけの純正オールグリーン。それ、いい。狙うにはリスクも大きい。だが狙う。今、決めた。🀅なしのオールグリーン、その美しい役満は私にこそふさわしい。おや、奥のほうから物音がきこえる。誰かいるのだろうか。

「お邪魔してます」

　小百合が奥に向かって声をかける。すぐに若い男が

顔を見せた。

「おはよう、吉井さん」

「おはようございます、黒木さん」

「黒川さんは買い物に出かけたわ」

「港町でランボルギーニを見かけました」

「今日は何かしら？」

「活きた烏賊です。５品、考えています」

　魚市場というのは早朝だけではないのだろうか。私の知らない世界だ。烏賊で５品というのも思いつかない。

「橘広海さんですよね」

　吉井と呼ばれた青年がまっすぐ私を見つめてくる。背が高く、日焼けして眼がきれいな男だ。

「吉井さん、知り合いなの？」

「俺が一方的にです。ウィンブルドンの試合、テレビで観てました。痺れました。本当に凄かった。お会いできて光栄です」

　吉井は軽く頭を下げると奥に戻っていった。私は自分の顔があつくなるのを感じた。時々こんなことを言われるけど困ってしまう。あの試合、私は負けたのだ。

「めずらしいわ、彼があんなに喋るなんて、黒川さんと同じくらい寡黙な男よ」

　彼は寡黙なのか。ジーンズと白いＴシャツが似合っていた。眼は少年のそれなのに落ち着いた雰囲気を持っている。それだけではない。何かがいた。瞳の奥、からだの奥に獰猛な何かが潜んでいるような気がした。

「ねえ、広海」

　小百合が私の顔を覗きこんでくる。好奇心溢れる瞳で。

「ウィンブルドンって何？」

「テニスの試合よ。四大大会のひとつでイギリスのウィンブルドンで開催されるの。ウィンブルドンの緑の芝の上で戦うのよ」

「テニス」

「そう、テニス。子供の頃からずっとテニスをやってきたの」

　テニスラケットとボールだけが私の遊び道具だった。

「小百合はどんなスポーツをやっていたの？」

「スポーツか」

　小百合の声がずいぶん遠くからきこえてきた。なぜだろう、こんなに近くにいるのに。

「真夜中のプールが好きだったわ。満天の星に抱かれながら」

　どこの学校にもプールはあるだろうが真夜中とは。

こっそり忍びこむということか。この天使は野生児なのか。

「水着に着替えるの？」

「裸よ。お風呂のかわりだもの」

　それも楽しそうだ。小百合はウォッカのボトルを掴むと口に持っていった。クールに、そしてワイルドに。ずいぶん流しこんでいる。そういえば今、役満をあがったばかりだ。祝杯というやつか。飲みたいだけ飲めばいい。

「テニスの話はもっとききたいけど、こっちが先よね」

　ウォッカをサイドテーブルに戻した小百合が私の点棒を１本拾い、引き出しにしまった。もちろんだ。真夜中のプールは興味あるけどその話は夕食の時でいい、小百合のおごりの晩めしの時で。ふたりで麻雀牌を卓の中に落とす。小百合の点棒はまだ手つかずで残っている。

　中が対子、最初のツモが九萬だった。この手は七対子、なんとなくそんな気がした。たとえなんとなくでもそう感じたのだ。曲げない、それでいく。打。七対子という役はできる時はあっさりできるのだが、

駄目な時は本当に駄目だ。仮に🀇と🀄を待つとする。ツモれない。場にも出ない。誰かが暗刻で使っているとすれば一生出ることはない、そう考え待ち牌を変えたとたん引いてきたりする。判断材料の少ないふたり麻雀。フィーリングだけが頼りとするなら人並以上にある、そう思うことにしよう。🀄、🀚、🀙、🀝、と引いてきた。

🀛🀛 🀞🀞 🀟🀟 🀏🀏 🀅 🀚🀚 🀝🀝 🀄🀄

🀟を外す。🀞、🀅、🀙はまだ小百合の河に出ていない。だから山に眠っているとは限らない。私が七対子なら小百合も七対子かもしれない。対子場というやつだ。もし相手の手牌が順子系なら捨牌や視線からある程度読むことも可能かもしれないが、今はそんな状況ではない。相手のサーブ、センターかワイドかそれともボディーに来るのか。データを解析するのも重要だが100パーセントではない。経験でもない。結局のところフィーリング、「勘」ではなく「感」なのだ。まして不確定要素の多い麻雀、それに頼って当然だ。

8巡目、🀛を持ってきた。これだ。配牌からあった🀛をなぜ残しておいたのか。たぶん、これがフィーリング。七対子ドラ2、テンパイ。ツモれば満貫だが

出あがりでは足りない。🀆と🀙、どっちだ。🀆を捨てる。が、リーチはかけない。🀆と🀙、どっちでもない。ツモに手を伸ばす。🀡。これなのか。たぶん、これだ。

「リーチ」

「リーチ」

　小百合の声が追ってきた。小百合も七対子なのだろう。彼女は最後の１枚に何を選んだのか。慌てることはない。ゆっくり山に手を伸ばす。掴んだ牌は中（ドラ）だった。３枚目の中。最後の１枚は小百合の手の内にある。今それが分かった。どうしようもなく、分かった。私が河に中を捨てた時、小百合の手牌はすでに倒れていた。

🀇🀇🀈🀈🀉🀉🀊🀊🀋🀋🀌🀌🀄

　きれいなあがり。ドラもリーチも必要ない手だ。リーチ宣言牌は🀈。なぜ、中なのか。見えていたのか。中ならあがれると分かっていたのか。強い。次元が違うほど、強い。１本目と２本目は感心するほど鮮やかなあがりだった。今度のは打ち合って負けた。完全な力負けだ。視線がぶつかる。黒木小百合。自分の強さを誇示するでもなく、私の弱さを憐むでもない、私

180

と同じ高さからのやわらかな眼差し。小百合に向かって右手を伸ばす。握らされたのはウォッカのボトル。客ではないのに昼食を世話になったし麻雀卓も使わせてもらっている。今さら遠慮する理由もない。ボトルに口をつける。初めて飲むウォッカ。甘い薔薇の香りがした。1口、2口、3口、思いきり流しこむ。むせ返るようなことはなかった。あつい。からだが熱くなった。そして、心も。小皿のチーズ、1片つまんで口に放りこむ。おや、さっきほどまずくない。いや、おいしい！　小百合が煙草をくわえて火をつけた。腰をあげ、その煙草を私の口元に持ってくる。初めて吸う煙草。痺れた。後頭部にテニスボールを100個ぶつけられた、咳こんだ。吐き気がした。世界が回った。私は麻雀卓に突っ伏してしまった。強烈だった。小指ほどの煙草なのに。酔いに似ている。酒ではなく船酔い。嫌な汗が流れてきた。頬に、つめたい感触。小百合が氷水のグラスを押しあててくれている。私のすぐ近くに小百合の顔があった。また薔薇の香り。甘く、どこまでも甘い薔薇の香り。車から降り、小百合の背を追って店に入る時から感じていた。香水ではなく薔薇の香り。この女、薔薇の妖精なのだろうか。眼が合った。いたずらっ娘の笑顔。ひとつ分かった。この女、私よ

り若い。ランボルギーニから舞い降りる優雅な身のこ
なし、私より年上だと思ってた。間近で見る小百合の
肌は本当に生まれたての天使のようにきれいだ。それ
にこの笑顔。
「23くらいかしら？」
「18よ」
　ずるい、反則だ。
「大丈夫みたいね」
「どうかなるかと思ったわ」
「でもね、こんな毒でも長年吸っていると効かなくな
るのよ」
　長年？　まあそれもありそうだ。この女には毒がよ
く似合う。氷をひとつ口に入れ、かみ砕く。頭が少し
すっきりしてきた。近づいてくる、ランボルギーニカ
ウンタック。エンジン音というよりけものの唸り声の
迫力だ。いい音だ、黒川も完全にあの怪物を飼い馴ら
している。いや違う。ランボルギーニは昨日届いたと
言っていた。小百合と黒川、このふたりは怪物を飼い
馴らしているのではなく怪物と同化しているのか。店
の前で最後の雄叫びをあげ静かになった。音もなく開
いた扉から無表情のサングラスが入ってくる。
「おかえりなさい」

182

　小百合が子供のように手を振っている。近づいてく
る、海の匂い？　黒川が私たちの麻雀卓に袋をひとつ
置いた。遠ざかる、潮の香り。コンビニエンスストア
のビニール袋にはアイスクリームがふたつ。

「ありがとう、大好きよ」

　小百合が黒川の背中に小悪魔の笑顔を見せている。
カウンターの中に入った黒川は CD の棚を見ているよ
うだ。私たちは早速スプーンを使った。ストロベリー
とバニラ、ぴったりだった。私がストロベリーで小百
合がバニラ。黒川が私の好みを知ってるはずもないの
だが。あの男も感がいいのか。ウォッカであつくなっ
たからだにアイスクリームがおいしい。おや、いつの
間にか煙草の毒は消えている。あんなに気分が悪かっ
たのが嘘みたいだ。なるほど。ニコチン中毒というの
が少し分かった気がする。男と女を妖しく誘惑する毒、
こんな物が日本中どこででも買えるのか。そういえば
煙草は悪魔が広めたという話をきいたことがある。あ
れは少し違うようだ。煙草を広めたのは悪魔ではなく
小悪魔だ。いきなり、店内に激しい音楽が響いた。黒
川の姿はもうどこにもなかった。

「ハードロック、吉井さんの好みよ」

　これがハードロックというやつか。スピードとメロ

ディがある。

「そうよね、吉井さんがいるのに冷蔵庫の心配をする必要はないのよね」

黒川のことだろうか。

「たまごを持ってなかったわ」

手に持っていたのはアイスクリームだけ。

「逃げるのが得意なの、あの男は」

皿洗いが嫌だったのだろうか。

「潮の香りがしたわ」

「ひとりで海を見ていたのよ」

「あの男(ひと)は海が好きなの？」

「他に時間の潰しかたを知らないのよ、きっと」

海を見て、そして夜は星空を眺める。そんな生きかたも美しい。私の中で黒川という男のイメージが膨らんできた。料理が得意で悪魔の業を盗む。無免許運転は平気で逃げるのが得意。そして甘いもので女の気を引く。なるほど、なかなかの悪人(ワル)だ。アイスクリームを食べ終えた小百合は煙草に火をつけ、ウォッカのキャップを回している。

「広海はどんな音楽が好きなの？」

「音楽は知らないの。たぶん、嫌いじゃないとは思うのだけど」

　ずっとテニスだけだった。試合前ヘッドホンを耳に
あて、目を閉じたりからだを揺すっている選手もいた。
気持ちを鎮めたり、高ぶらせたりするのに音楽を使う
のだ。私はそうじゃなかった、ただ緑の芝を見る、そ
れだけでベストコンディションに持っていけた。
「小百合はどうなの？」
「昔のハードロックが好きだわ」
「むかし？」
「1970年、ディープ・パープルの『イン・ロック』か
らハードロックの歴史が始まったの。他の説もあるの
だけど」
　小百合がハードロックを語り始めた。紫煙をくゆら
せながら時折ウォッカのボトルを傾け熱心に喋ってい
る。私は大学の講義は受けたことないけどなんとなく
学生のような気分になった。ハードロックというのは
クラシック音楽から派生したらしい。今店内に流れて
いるのも、言われればそんな気もする。激しい中にも
きちんとしたメロディーを持っている。小百合の口か
らいろいろと人名が出てくるがとても覚えきれない。
今流れているのはディープ・パープルの次の次の世代
だという。どこか北欧のつめたさを感じさせる曲だ。
小百合が短くなった煙草を灰皿に押しつけている。長

く、しなやかな指。

「小百合は楽器は弾けるの？」

「やったことないわ、一度も」

「一度も？」

「ええ」

　テニス優先だった私でも学校に行けば授業に出ていた。小学校、中学校では音楽の授業があり、カスタネットを叩いたり笛を吹いた記憶がある。

「ここに来るようになって思ったの。いつかあのオルガンを弾けたらいいなって」

　小百合の背の向こう、店の一番隅にぽつんと置かれた古いオルガン。ただ見てるだけで音が翻れてきそうな、そんな雰囲気を持ったオルガン。ただの機械ではない。誰かの気持ちがいっぱい沁みついた古いオルガン。だから小百合は触れることができずにいるのか。棚のお酒は勝手に飲んじゃうくせに、冷蔵庫の中を平気で荒らすくせにオルガンに触れられずにいる。

「弾けばいいのよ」

「えっ」

「オルガン。今日から練習すればいいのよ」

　生きたいように生きる。天使なら、きっと許される。

「そうか、そうよね。やりたかったらやればいいのよ

ね。でも今日はやらないわ」

「どうして？」

「広海がいない時に練習する。そしていつかあなたを驚かせてあげるわ」

　私はもう十分驚かせてもらった。

「広海は？」

「私は楽器はやらないわ。ひとつ目標もできたし」

「何よ？」

「🀅なしの緑一色をあがる。小百合、あなたより先にね」

「あら、私が先よ」

　もちろん競争だ。🀅なしの緑一色、簡単にあがれるものではないしチャンスがあったとしても状況によっては大きなリスクを伴う。

🀐🀐🀑🀑🀒🀒🀓🀓🀔🀔🀕🀕🀅🀅

　こんなテンパイ、ツモれば四暗刻緑一色のダブル役満という場面でも🀄を持ってきたら🀅を切らなければならない。誰かが大三元字一色を狙っていると分かっていても🀅を捨てる。🀄が場に2枚見えている、🀆も1枚見えている。それでも、1枚でも生きてる可能性があれば狙う。1000点100円の麻雀でも誰にで

もできる覚悟ではない。だから狙う。そんなチャンス100年、いや200年麻雀を打ち続けてもあるかどうか分からない。だからこそ狙う。もう決めた。

「そうだ、新しい勝負を思いついたわ」

　ウォッカのボトルを抱きしめた小百合の瞳がきらきら輝いている。

「新しい勝負？」

「そう、車を代えて峠を走るの。広海がランボルギーニで私が広海の赤い車を運転する。山道で重たい車を走らせるのはきっと大変よ」

　それ、おもしろそう。だけど……。

「ボディーが傷だらけになるわよ」

「車の傷なら消せるわ。私は消そうとは思わないけど」

　この女、やっぱりいい。

「ランチアっていうの、私の車は。ランチアテーマ。ラリーでは強い車よ」

「赤いランチアね。それで、何を賭けるの？」

　何も賭けなくていい。小百合といっしょに走る。それだけでいい。

「ただ走る。それじゃあ駄目かしら」

「もちろん、いいわ」

　小百合がうれしそうに笑った。私はずっとひとりで

188

走ってきた。ともだちといっしょに走る、そんなの考えたこともなかった。きっと私も小百合と同じくらいうれしそうな顔をしてるだろう。高い窓から射しこむ太陽の光がスポットライトのように小百合の笑顔を照らしている。

「夜になったら星空がきれいでしょうね」

「営業中は見られないわ、この店はいつもお客がいっぱいなの」

　そうか、星空なんて賑やかな時に眺めるものではない。

「ショータイムがあるの」

「ショータイム？」

「ここの女バーテンが芸をするの。カードやシルクハットを使って手品をしたり。予言マジック、あれは不思議だわ。それからウィスキー・ボトルを使ってこう……」

　小百合が物を上に投げたり受け止めたりするような仕草をしている。ジャグリングというやつだろう。

「ウィスキー・ボトルの次はナイフを使うの。ナイフ5本を交互に投げる。あれはドキドキするわ。それからね、火を吹くの！」

「火を吹く⁉」

「そう。こうやって、こう……」

　身振り手振りで説明してくれる。小百合の話しっぷりはとにかく楽しい。まるで子供のようにきらきらしている。高い窓から射しこむ午後の光よりもっと眩しい。黒木小百合、いそうもない女がいた、天使だったり小悪魔だったり、優雅なのに子供のように無邪気に笑う。何も作っていない、飾ってもいない。こんなにミステリアスで魅力的な女がいたんだ。出会ってまだ数時間しか経ってないけど大好きになった。ともだち。考えたこともなかった。私はずっとひとりで走ってきた。小百合も走ってきたのだろう。私が走ってきたところより、ずっと暗いところを。出会った。今日という日は特別な日だ。STARGAZER という粋な隠れ家もみつけた。しかも、いい男がふたりもいる。吉井の烏賊料理はどんなだろう。あの男、シェフというより板前といった感じだ。なら和食か。烏賊と里芋の煮物、食べたい！　麻雀の目標もできた。いっしょに峠を走る約束もした。自分がランボルギーニのハンドルを握る姿を想像するとワクワクする。クラッチは重いのかしら……

　そういえばふたり麻雀をしてたんだっけ。ウォッカ

を１本空けた小百合はソファーで眠ってしまった。喋り疲れたのかもしれない。革ジャンパーを丸めて枕にしている。このハードロックの大音量の中でよく寝られるものだ、奥には黒川と吉井がいるはずだが姿を見せない。烏賊を捌いているのだろうか。黒川は、あの男は小百合の寝顔を見たことがあるのだろうか。この、天使の寝顔を。見てるだけで幸せを感じてしまう。天使が目覚めたら何をして遊ぼう。そうだ、まだ麻雀は終わっていない。真夜中のプール話もききたい。この店の営業は何時からだろう。大丈夫、まだ日は高い。もうしばらく天使を眠らせてあげたい、そんなあたたかな午後だった。

LONG COLD WINTER

CAST　長谷部裕也
　　　　尾崎
　　　　橘広海
　　　　黒木小百合

寒いのは冬のせいだけじゃない。それは、分かって
いた。

　相手は３人、俺は立っているのがやっとだった。チ
ンピラではなく学生のような連中だ。つまり、俺とた
いして歳は変わらない。
「お前たちは手を出すな」
「押忍」
　体育会というやつか。薄暗い街灯、どいつが上級生
なのか顔を見ても分からない。３人とも同じようなも
のだ。まん中の奴が前に出て構えた。空手か拳法をや
っているのだろう。だがここは武道場ではない。ただ
の路地裏だ。顔に衝撃がきた。理解できたのはそれだ
けだ。３人の姿は見えなかった。俺の視界にあったの
は小さな街灯だけだ。空があるはずなのだが月も星も
見えなかった。つめたいアスファルトが心地いい。眠
い。少し、思い出してきた。俺はひとりで飲めない酒
を飲んでいた。体質なのだろう、何度か試したがいつ
もコップ１杯のビールで眠りこんでしまう。今夜は特
別だった。どうでもよかった。大ジョッキのビールを
ひと息に流しこんだ。日本酒をコップで何杯か飲んだ。
居酒屋のトイレで一度吐いた。そこからまた日本酒を

飲んだ。そこまでは記憶に残っている。なぜあの３人と揉めたのか思い出せない。たぶんどうでもいいようなことだったのだろう。そう、どうでもいいのだ。眠い。抗えない。抗う必要もなかった。つめたい。何かが頬にかかった。最後の力を振りしぼって目を開ける。白い。雪、なのか。この街で雪を見るのは何度目だろうか。あたたかな街だった。みゆきがいたからあたたかだった。いつも俺のそばにいてくれた。眠い。黴臭い路地裏。みゆきはいない。あたたかい布団もない。錆が浮かぶ冷酷な路地裏。つめたい雪にまみれて眠ったら死ぬかもしれない。それも、どうでもいいのか。違う。俺にはまだやるべきことがある。俺は……。

　何かが近づいてくる。姿は見えない。靴音もきこえない。だがそいつが近づいてくるのが俺には分かった。
「立てるかい？」
　静かだが響く声。死神とはこんな声なのか。
「立てなきゃ引き摺ってくぜ」
　死神に足を引き摺られる。そんな格好悪い姿はない。ゆっくり膝を立て、足に力を入れる。立つことができた。俺の前に男がひとり立っている。背を向けた男が歩き出す。俺の足も勝手に動いていた。男について歩く。光が見えてきた。ヘッドライト、流れるテールラ

ンプ。表通りに雪のように白い馬車が待っていた。死神が白い馬車で迎えにきやがった。夢か幻想か酒の中で溺れているだけなのか。どうでもいい。俺はただ眠りたかった。

　夢をみていた。学校の教室、そこに高校生の俺がいた。ひとりだった。中学時代何度か傷害事件を起こし、人より１年遅れで高校に入った俺に近づいてくる奴はいなかった。東北のいなか町、不良少年さえめずらしいほどのいなか町だった。なぜ高校に進んだのか。勉強が好きだったわけではなく他にやることがなかった、そんな理由だった。もともともだちが多いほうではない。街には顔見知りの不良はいたが、俺はひとりでいるのが好きだった。教室で同級生が近づいてこない。そんなのは俺にとってありがたいことだった。
　教室の一番後ろの席で窓の外を眺めていた俺に、ひとりの女子生徒が近づいていった。小柄で色白の少女が何か言っている。現実ではなく夢の中だ。憶えている光景。煙草くさい。女子生徒は俺にそんな説教をしている。そして俺の手を掴み、掌に何か握らせて自分の席に戻っていった。クラスの連中は呆気にとられた顔をしている。俺はゆっくり手を開いた。小さなキャ

ンディー。みゆきとはそんな出会いだった。俺が16で
みゆきが15、雪が溶けかけた春だった。

　雪が完全に消えるとバイク通学を始めた。1時間に
1本しかバスが通らないいなか町、街の不良から譲ら
れたミニバイクが役に立った。改造してあるのか派手
な音が邪魔だったが、それでも窮屈なバスよりマシだ
った。ミラーに映る自転車が気になった。バイクを停
める。

「俺に用事か？」

「あなたが悪いことをしないように見張っているの」

　息を弾ませたみゆきが笑った。最初にその笑顔を好
きになった。そして、みゆきの全てを好きになるのに
たいして時間はかからなかった。

　ミニバイクでも詰めればふたり座れる。それでもみ
ゆきはバイクの後ろに乗ろうとはしなかった。

「原付はふたり乗りできないのよ。本当に免許持って
るの？」

　そのまっすぐな瞳に逆らうことができなかった。い
つの間にか俺は自転車のハンドルを握っていた。自転
車のふたり乗りは道路交通法で認められているのだろ
うか。みゆきが気にしないことを俺が心配する必要も
なかった。学校帰りに海まで自転車を走らせたことが

ある。いくらみゆきの体重が軽くても１時間以上もペダルを漕ぎ続ければ汗まみれになった。みゆきがハンカチで俺の顔を拭ってくれた。さわやかな海風、潮の香り。海を赤く染め沈みゆく夕日、寄りそうふたり。その時に決めた。ふたりで決めた。高校を出たらいっしょに暮らそうと。沈みゆく夕日に抱かれ、ふたりで未来を語った。みゆきに手を伸ばす。抱きしめることはできなかった。俺の手はみゆきのからだを通り抜け、むなしく空を切った。夢なのか。こんな夢をみるのは初めてだった。ずっといっしょにいた。いつも俺のそばにいてくれた。それが過去になった。夢の中だと分かっても手を伸ばした。通り抜けていくみゆき。守りたかった。守れなかった。飲めない酒を飲んだ。自分がどこにいるのか分からなかった。眠い。俺はただ眠りたかった。

　俺は花に囲まれていた。白、黄色、ピンク、名も知らぬ花たち。みゆきは花が好きだった。花に囲まれて暮らしたい。それがみゆきの夢だった。それなのに俺だけが花に囲まれている。匂いのない、妖かしの花たち。消えろ。花が消え白い世界になった。それでいい。俺は雪の中でくたばるのだ。妙なことに気づいた。寒くない。２月の雪降る路地裏。酒と黴と破れた夢、そ

んな匂いが入り混じった暗い路地裏が寒くないはずが
ないのだが。少しからだを動かす。柔らかい。俺はゆ
っくり目を開けた。高い天井、記憶にない光景。上半
身を起こす。はらりと毛布が落ちた。黒革のソファー、
石油ストーブ、蒸気をあげるやかん。長いカウンター、
整然と並ぶウィスキーボトル、麻雀卓、オルガン。ど
うやら地獄ではないようだ。麻雀クラブなのだろうと
いうことは理解できた。だが俺はなぜこんなところで
寝ていたのか。頭が少し重い。飲めない酒を飲んだの
は憶えているが……。そして死神が白い馬車で迎えに
きた。あれは夢だったのか幻想だったのか。とにかく
ここは地獄ではない。どう見ても麻雀クラブだ。窓か
ら朝の光が射しこんでくる。何かの音が近づいてくる。
車のエンジン音。ふつうの車ではない。改造車とも違
う。鋭く重々しいエンジン音が最後の唸り声をあげて
静かになった。俺はソファーから立ちあがった。ふつ
うに歩ける。扉を開けた。朝の冷気の中、白いポルシ
ェから降り立った男と眼が合った。

「朝めしを買ってきたぜ」

　紙袋を持ちあげ、笑顔を見せる男。その声にきき憶
えがあった。純白の馬車で迎えにきた死神。

「あんたは？」

「俺は尾崎。めしにしよう。顔くらい洗えよ」

　まず自分が名乗れ。俺ならそんな返答をするだろう。青い作業着の男は大股で店の中に入っていく。俺もSTARGAZERという小さなプレートのかかった扉をくぐった。

「トイレはそこだ」

　男はそう言い残し、奥へ入っていた。

　洗面台の鏡と向き合う。目の下が紫色に腫れ血が滲んでいる。だが不思議と痛みはなかった。顔を洗うと少し滲みた。傷に何か塗ってあるようだ。ペーパータオルで顔を拭く。少し状況が分かってきた。路地裏で倒れていた俺はあの男にここに運びこまれた。治療もされた。尾崎というあの男は死神ではなかった。そして俺が乗せられたのは馬車ではなく白いポルシェだった。分かったのはそれくらいだ。

「カウンターに座ってくれ」

　トイレのドアを開けると男の声がきこえた。指示に従う、それ以外にやることはなかった。スツールが20脚ほどあり、俺はまん中に座った。頑丈そうなカウンターは1枚板のようだ。酒のことは分からないが棚にびっしり並べられたウィスキーボトルがこの店の歴史を語っているかのようだった。

「待たせたな」

　青い作業着の男がトレーを持って姿を現わした。マグカップのスープが湯気を立てている。オレンジジュースと白い皿に山盛りのパン。

「俺は」

　何か言おうとしたが言葉がみつからなかった。

「スープはインスタントだが、まあこのパンを食ってくれよ」

　俺はこの尾崎という男に逆らうことができなかった。クロワッサンをひとつ掴み、口に入れる。

「うまい」

　言葉が勝手に口から出た。

「そうだろう。俺のともだちがパン屋をやっている。朝の６時から客が溢れる店でね。今日の俺はツイてる。この時間にクロワッサンを買えたのだからな」

　腕時計に眼をやる。７時25分。俺はクロワッサンを５口で食ってしまった。

「土曜の朝から仕事するって面<ruby>面<rt>つら</rt></ruby>じゃないよな。ゆっくり食えよ」

　思い出した。

「昨日仕事を辞めたんだよ」

「そいつはちょうどいい。俺はスカウトでね、どんな

仕事がいい？」

　男は俺の顔を見ていない、俺と同じようにクロワッサンを口に押しこんでいる。不思議な雰囲気を持った男だ。俺が今まで見てきた人間と種類が違うような気がする。インスタントのスープ、口に流しこむ。熱い。それだけで十分だ。

「俺は長谷部裕也。なぜ俺に親切にしてくれるんだい？」

　自分でも間抜けだと思える質問だった。

「仕事を辞めたと言ったじゃないか」

　それはそうだが。

「朝は朝めしを食う。それもふつうさ」

「俺は路地裏に倒れてたんだろう。なぜ拾ってくれた？」

「自分のためさ」

「自分の？」

「そうさ」

「変わった人だね、あんた」

「雪が降ってた。そのままにしておいたらどうなってた？」

「死んでただろう。だがそれはあんたには関係のないことだ」

「新聞か近所の噂で俺はそれを知ることになっただろう。そしてしばらくはめしもビールもうまくなかったはずだ。今うまいパンが食えるのは長谷部、お前のおかげさ」

　この男の言うことは何ひとつ間違っていない。それでも、おかしな男だ。

「ハード系のパンもいけるぜ」

　その言葉につられて手を伸ばす。バケットを小さく丸めたようなパン。

「うまい」

　やっぱりその言葉しか出なかった。

「ジャムもマーガリンもいらないだろう」

「なんてパンだい？」

「忘れた。フランス語でマッシュルームを意味する名のはずだが」

　なるほど、マッシュルームの形だ。俺はクロワッサンよりこいつのほうがいい。歯ごたえがある。

「気に入ったか。ちょうどいい。俺はクロワッサンが好きでね。長谷部、固いのは全部食っていいぜ」

　グラスのオレンジジュースを口に入れる。酸っぱい。そしてほのかに甘い。

「今絞ったばかりだ。フランスパンにはオレンジジュ

ース、俺の好みさ」

　よく喋る男だ。だが俺のことはきいてこない。雪の
路地裏に倒れていた俺のことは何ひとつきいてこない。
いや、どんな仕事がいいかときかれた。昨日俺はこの
街に出てきてからのふたつ目の仕事を辞めた。俺が育
った東北のいなか町、高校を出た奴は卒業式の次の日
に町を出ていく。俺はそんなに待てなかった。卒業式
の夜、みゆきを連れて列車に乗った。雪の降るあたた
かな夜だった。みゆきの親に反対されていた。それも
当然のことだろう。俺が愛したみゆきの親だ。時間を
かければ許してくれる、それは分かっていた。だが待
てなかった。高校を出たらいっしょに暮らす、そう決
めていた。この街に出てきた。就職したのは同じ会社、
コンビニなども展開する大手のデパートだった。役所
に婚姻届を出した。会社の寮に入るのに紙切れが必要
だった。働いた。1年で寮を出て小さなアパートに引
っ越した。小さくても俺とみゆき、ふたりの家だった。
玄関先にプランターを並べ、チューリップとなでしこ
を育てた。ふたりが3人になるはずだった。家庭を持
つ、21歳の俺にはそれがどんなことだかまだよく分か
らなかった。自分が赤ん坊を抱く姿はうまく想像でき
なかった。みゆきは早々と子供の名前を決めた。美咲。

まだ男か女かも分からないのにそう決めていた。俺は仕事をする。アパートに帰れば美咲とみゆきの笑顔が俺を待っている。毎日ふたりの笑顔に支えられる。その笑顔を俺が守る。休日には動物園や水族館に出かけ、特別な日にはケーキで祝う。そんなありふれた家庭を想像した。それが幸せなのだろうと思っていた。だが描いた未来はこなかった。新しい命は光を見ることなかった。みゆきから笑顔が消えた。5年前、最初に好きになった笑顔。氷のような表情のみゆきと暮らすのが苦しかった。旅に出る。みゆきの背中にそう声をかけ、アパートを出た。会社を辞め、住みこみの仕事をみつけた。3ヶ月経った。昨日、その仕事を辞めた。

手を伸ばす。何も掴めなかった。指先に触れたのは白い皿だった。山盛りだったパンは消えていた。白い煙に気づいた。尾崎がくわえている煙草はかなり短くなっている。

「夜中に胃袋を引っくり返して朝には10個もパンを食いやがる。タフな野郎だよ」

　そうだ、それが気になっていた。

「もしかすると車を汚しちまったかい？」

「憶えてないのか？」

「ああ」

「俺は近くの店で飲んでた。トイレが使用中だったんで店の裏に行った。そこで寝ているお前を見つけた。声をかけるとお前は自分で歩いて俺の車に乗ったよ。車を出すとすぐに停めろと言った。車から降りたお前は路肩で吐くとすぐに戻ってきて煙草を寄越せとぬかしやがる。俺がポケットから煙草を出した時にはもう鼾をかいてたよ」

　尾崎が煙草のパッケージを出してくる、思い出した。
「禁煙したんだよ。もう３ヶ月になる」

　尾崎が煙草を作業着のポケットにしまった。それだけだ、やはりきいてこない。なぜ禁煙したのか理由をきいてこない。どうせ人に語るようなことではない。
「さっきの話だがスカウトって言ったよな？」
「ああ」
「なぜ俺を？」
「眼を見たよ。路地裏から這いあがってくるお前の眼を。死にたい奴の眼じゃなかった。まだ死ねない。やるべきことが残っている。そんな男の眼だったよ」

　陽気でよく喋るだけの男ではないのは分かっている。なにしろ第一印象は死神だった。
「おかしな人だね、あんた」
「長谷部、運転免許は持ってるか？」

「ああ、持ってる」

　高校２年の夏、同級生より１年早く取った。

「俺の車屋を手伝う気はないか？」

「車屋？」

「整備士は揃ってる。販売スタッフはもっと必要だ。世界中から車を集めて日本国内にばらまく、そんな仕事さ」

「なぜ俺を？」

　この質問は何度目だろうか。

「体力も忍耐力もある」

　夜中に胃袋を引っくり返し、朝には10個もパンを食う。それをタフだと言われた。

「忍耐力ってのは？」

「３月も禁煙してるんだろう。俺は半日が精一杯だね」

「それは寝てる時間ってことかい？」

「そうさ」

　尾崎が笑った。40を過ぎたくらいか。日焼けした顔に青い作業着が似合っている。俺がこの街で勤めた会社にも、東北のいなか町でアルバイトをしていた時にも上司はいた。上司はただの上司だった。こんな男に出会うのは初めてだ。

「そうだな、一方的な話じゃおもしろくないよな。長

谷部、勝負をしないか？」

「勝負？」

「俺が勝ったらお前は俺の車屋を手伝う。お前が勝ったら、そうだな、あのポルシェでどうだい？」

　俺は週が明けたら職探しをしようと考えていた。勝っても負けても俺にとって悪くない話だ。だが尾崎にとってのメリットは何なのか。路地裏に転がっていた野良犬を本気で必要としているのか。

「ふつう従業員を採用する時は履歴書なんかを見るだろう？」

　この男はふつうではない。それは分かっている。

「紙切れを見るより人間を見たほうがおもしろい」

「おかしな人だね」

「3回も言うなよ」

　3回だけだったか。その3倍はそう思ったはずだ。

「その勝負、受けよう」

「ほう。だがポルシェにつられたって面じゃないよな」

　鋭い男だ。

「あんたが負けた時どんな顔をするのか、それを見てみたい」

「負けんよ、俺は」

　だから、見たいのさ。

「ところで何をやるんだい？」

「STARGAZER、ここは麻雀クラブさ」

　俺は後ろを振り返った。麻雀卓がいくつか並んでいる。埃など被っていない、磨きあげられた麻雀卓。街の麻雀荘とは違う。この頑丈なカウンターと棚のウィスキーボトルがこの店の主役といった感じだ。なるほど、麻雀クラブだ。

「あんたの店かい？」

「ともだちの塒さ」

「ねぐら？」

「いつもそのソファーで眠る。今は奥で寝てるよ」

　さっきまで俺が寝ていたソファー。いつもあそこで眠るのか。何かが、近づいてくる。音というより響き。騎兵隊、いやもっと野生的だ。アフリカの大地を駆けるバッファローの群れ。低い笑い声がきこえた。

「やっぱり今日の俺はツイてる。ふたり麻雀でもと思ったが４人で打てるぞ、長谷部」

　道路を揺さぶる振動が店の中にまで伝わってくる。尾崎のポルシェよりさらに重々しく兇暴なエンジン音。空気が震えている。尾崎が吐く煙草の煙まで揺らめいている。

「ランボルギーニカウンタックとランチアテーマ。俺

はどっちも好きさ」

　最後の唸り声をあげ静かになった。ランボルギーニ
カウンタック、雑誌の写真でしか見たことのない車だ。
扉の向こうから女の笑い声がきこえてくる。扉が開く。
太陽と花がいっぺんに飛びこんできた。
「ほらね、やっぱり」
「おはよう、社長」
「やあ」

　上半身をひねった尾崎が片手をあげている。ふたり
の女、そのひとりは知ってる顔だった。緊張した。近
づいてくるふたりの女たち。花の香りも近づいてくる。
女たちが運んできたようだ。
「どっちも快調だな」
「音だけで分かるの？」
「顔さ」
「顔？」

　ふたりの女が顔を見合わせた。
「外のポルシェで俺の存在を知った。長谷部、入って
くるふたりの顔を見ただろう。客が車屋に文句ある顔
じゃなかった」

　俺はスツールを降り、頭を下げた。
「おはようございます」

「おはようございます。尾崎自動車の従業員のかた？」

「まだ研修中だがね」

　尾崎がニヤリとした。勝手に話を進められた。まだ俺は負けたわけじゃない、そう言う気もなかった。

「長谷部です」

　もう一度頭を下げた。

「私は黒木小百合、こっちは橘広海です」

　そう橘広海だ。みゆきに借りたビデオを何度も観た。

「あら、広海のことは知ってるみたいね」

　この国に橘広海を知らない男がいるとは思えない。ウィンブルドンの妖精、橘広海。まさかこんなところで出会えるとは。

「ジュニアの頃、相手のスマッシュを目に受けたことがあるわ。火花が散って、痛くて痛くて。それでもそんなには腫れなかった。ひどいこと、するのね」

　橘広海が尾崎を睨みつけている。

「いえ、これは……」

　俺は慌てた。散々世話になった男を悪人にするわけにはいかない。

「そんな反応をしたら小悪魔が大喜びだわ。長谷部さん、相手にしちゃ駄目よ」

　橘広海は顔を背け、口に手をあてている。俺はから

かわれたのか。ウィンブルドンの妖精は小悪魔なのか。
黒木小百合が尾崎に顔を近づけた。しなやかな、野生
動物のような仕草で。
「海の匂いがしないわ」
「今日はサボった」
「何の話かしら？」
「海の話よ」
「つまり小百合は私の知らない社長を知っているの
ね」
　ふたりの女たち、黒木小百合のほうが尾崎に近い。
美人であかるいだけの女ではないということだ。
「パンの匂いがするわ」
「ちょうど朝めしを済ませたところさ」
「私たちも朝ごはんを食べに来たの。黒川さんは？」
「奥で寝てる。この男が奴の寝床を取っちまったんで
ね」
「ねえ広海、あれ何？」
「石油ストーブよ。ずいぶん古い型ね」
　黒木小百合はジーンズに革ジャンパー、橘広海は空
色のトレーニングウェアに桃色のマフラーを首に巻き
つけている。そしてあのウィンブルドンの芝を駈けま
わっていた白地に青いラインのテニスシューズ。

「ふたりとも時間は大丈夫なんだろう？」

「あらめずらしい。社長が遊んでくださるの？」

　ふたりの女はストーブに手をかざしている。外は冬なのだ。

「4人で麻雀をやらないか？」

「いいわよ。それで、何を賭けるの？」

「待ちなさいよ、広海。おなかがペコペコだわ。とりあえず何か食べましょう」

「そうね。社長、少しの間待ってくださるかしら？」

　ふたりの女は先を争うように奥へ入っていく。すぐに黒木小百合が戻ってきて、俺のほうに歩いてくる。カウンターの俺と尾崎が使った食器をまとめ始めた。俺のすぐ近くに黒木小百合の顔があった。やはり、花の香り。白い大皿とグラス、マグカップをトレーにのせるとやわらかな動きで奥へ消えていった。

「見にいこうか」

　スツールから降りた尾崎が歩き始めたので俺も続いた。尾崎が開けた扉の外には2月の冷気と3台の車が待っていた。白いポルシェを黒いランボルギーニと赤いランチアが挟んでいる。初めて見るランボルギーニカウンタック。ただの車ではない。特別な何かを持っているような気がする。魂なのか意志なのか、もっと

別なものなのか分からないがとにかく圧倒的な存在感を放っている。飼主は黒木小百合、俺はそう感じた。白いポルシェと黒いランボルギーニ、まるで対極の車だ。対極とは何だろう。雪と闇、星と海。俺はそんな表現しか思いつかなかった。車屋の尾崎、冬の朝の風が似合う男だ。そしてたぶん真夏の太陽も似合うだろう。真夜中の雪降る路地裏、そんな地獄の入口は似合いすぎて死神に見えたのだ。ランボルギーニの翼を跳ねあげた尾崎がコックピットに身を沈めた。鋭く、重くランボルギーニが吼えた。二度三度唸り声をあげる。これがエンジン音なのか。これが、機械の音なのか。尾崎は何を見ているのでもない。車屋の顔、車屋の眼。音を聞いているのではなく全身で車を感じているようだ。けものはけものを知る。やはり尾崎と黒木小百合は近いところにいる。俺とは遠い世界。けものの声が止んだ。ランボルギーニの翼をたたんだ尾崎がランチアに近づく。赤いランチア、ランボルギーニと比べると外見はずいぶんおとなしい。それでも牙を持っている。橘広海はウィンブルドンの妖精と呼ばれていた。俺はビデオでしか観たことはないが、ウィンブルドンの芝のコートを駆けまわる姿はまさに妖精だった。妖精なのに牙を持つ。まったく美しい。尾崎はランチア

のドアを開けない。ふつう車を離れる時はロックする。黒木小百合と尾崎はふつうでないところにいる。しゃがみこんだ尾崎が赤いボディーに手をあてている。タイヤを見ているのかそうでないのか。まるで車に話かけ声をきいているかのような尾崎の仕草。旅から戻って久し振りに恋人に会う時、男はこんな顔をするのだろう。この男にとって車は恋人なのか。パン屋はパンに、花屋は花に愛情を注ぐ。男の仕事とはそんなものなのか。俺には経験がない。仕事はただの仕事だった。ふと、気づいた。ランボルギーニの助手席に何かある。近づき覗きこむ。黄色い薔薇が1本、静かに置かれていた。黒木小百合と橘広海、ふたりが店に入ってきた時花の香りを運んできた。この薔薇の移り香だったのか。だがこの薔薇はただの香水代わりではない。黒いランボルギーニカウンタック。この車に宿る不思議な生命力。薔薇も車の一部なのか。棘は抜いてあるからシートを傷めることはない。それでも、薔薇だ。黒木小百合には棘も毒もよく似合う。

「ランボルギーニが気になるようだな」

尾崎と眼が合った。この男は車だけでなく俺のことも観察していたのか。陽気でよく喋る。そして、隙がない。

「89年のアニヴァーサリーだ」

　煙草に火をつけた尾崎がランボルギーニを語り始めた。カウンタックというのはランボルギーニの歴史において重要な車らしい。71年のジュネーブ、LP500、LP400なんていう言葉が尾崎の口から出てくる。車屋としての知識というよりただ好きだから、そんな口調だ。

「ディアブロからムルシエラゴへとランボルギーニのエンブレムは受け継がれていくわけだがやっぱりカウンタックだよ、ランボルギーニは」

　その新型は雑誌で見たことがある。もちろんカウンタックも俺にとっては写真の中だけの車だった。性能というのは新型に分があるだろう。だがルックスは圧倒的にカウンタックだ。今こうして実物を目の前にして、この世にこれ以上美しく兇暴な車があるとは思えない。

「何台も売ってきたが時々あるんだよ、客に嫉妬しちまうような車が。そいつに再会できる。車屋冥利に尽きるってやつさ」

　そう、そんな顔をしていたよ。

「悪くないぜ、車屋の仕事も」

　どんな技を使ったのか、尾崎は一瞬で煙草の火を消

しそれを作業着のポケットに入れ、店の扉に向かって歩を進めた。

店の中には香ばしい匂いがたちこめている。

「ほう、チーズトーストか」

奥のソファーにふたりの笑顔が並んでいる。

「インスタントのスープがあっただろう」

「いただいてるわ」

マグカップを持ちあげた黒木小百合が天使の笑顔を見せた。ただの天使ではない。黒いランボルギーニの飼主だ。尾崎が麻雀卓をいじり始めた。

「ここでいいか、長谷部?」

一番奥の麻雀卓、俺に文句があるはずもなく、ただ頷くしかなかった。

食事を終えた女たちがマグカップを持って奥に入っていく。奥には厨房があるのだろうがチーズトーストはストーブで焼いたようだ。ストーブの上にアルミ箔が残っている。奥から出てきた橘広海がそのアルミ箔とやかんを取り替えまた戻っていく。東北の実家にはもちろんストーブはあったが、この街に来てからはエアコンだけだった。炬燵もいいがストーブもいい。子供の頃はよくストーブの上で餅やみかんを焼いて食っていた。台所で作るよりそっちのほうがうまいのだ。

今店内にエアコンは効いていない。ストーブの熱だけだが十分にあたたかい。どんなに寒い冬でもからだをあたためる方法はいくらでもある。ふたりの女が近づいてきた。ふたつずつグラスを持っている。

「どうぞ」

　橘広海が氷の浮いたグラスを俺に出してきたので礼を言って受け取った。

「席はどうする？」

「いいわよ、ここで」

　橘広海が俺の対面に座った。黒木小百合は余った席、俺の下家の椅子を引いて煙草に火をつけた。

「罰ゲームを発表する」

「何よ、それ？」

「広海、きいてみましょう」

「３着が昼めしを作る。２着は皿洗い」

「広海の手料理、それは楽しみね。でも大丈夫かしら？」

「小百合、あなたさっき食べたでしょう。だいたい何で私が３着なのよ」

「それってチーズトーストのこと？　ストーブでパンを焼いてチーズをのせただけじゃない。それも、アイデアを出したのは私よ」

「スープも作ったわ」

「それこそ料理とはいえないわ」

「小百合こそできるの？」

「どうかしら。それで社長、ラスは？」

「過去を語る」

「嫌よ」

「広海、あなた負けるつもりなの？」

「そんなわけないでしょう。過去を語るっていう言葉が気に入らないのよ」

「懺悔する」

「同じことでしょう」

「それで、トップは？」

「トップは俺さ」

「上等じゃない」

　橘広海の眼が輝いた。近くで見るのは初めてだがウィンブルドンの妖精橘広海はやっぱり熱い女だ。

「そうだ、それでいい。土曜の朝らしくなってきたな」

「ねえ小百合、そんなに強いの？」

「どうかしら、私も初手合いだし」

「今日の俺はツイてる。負けやしないさ」

「麻雀はツキなの？」

「違う。技術や経験でもない」

「じゃあ何よ？」

「俺が、知りたいよ」

　まったくだ。だがツキだけなら俺が一番だろう。命を拾われた。新しい働き口もみつかった。そんなことより、今橘広海と向かい合っている。これ以上ないくらいツイてる。流れてくる白い煙、黒木小百合と眼が合った。

「どうやらこっちはどうでもいいみたいね」

「何のことよ？」

「長谷部さんと社長は他に何か賭けてるのよ。食事係や懺悔は主役じゃないみたいね」

　黒木小百合、きれいであかるいだけの女ではないのは分かっている。なにしろ尾崎と同じ匂いのする女だ。しかしどこをどう観察すればそれを読めるのか。

「私と小百合はただのオマケってことね。楽しみだわ。私がふたりの勝負を滅茶滅茶にしてあげる」

「盛りあがってきたな」

「麻雀は心理戦でもあるから冷静でいることも大切だけど、橘広海は熱い女よ。熱さが広海の力だわ」

「だから煽ってるのさ。せいぜい俺を楽しませてくれよ」

　ふたりの女たち、声を出して笑っている。俺はます

ますこの男が負けた時の顔を見たくなった。

「どうぞ、社長」

　煙草を消した黒木小百合が勧め、頷いた尾崎がサイコロに手を伸ばした。最初のサイを振る、そんなのが似合う男だ、1と2。黒木小百合が振る。1と6。やはりツイてる。好みというのはもちろん人それぞれだろうが俺は起家（チーチャ）は好きではない。親を引き摺り降ろして自分に持ってくる。そんな南家（ナンチャ）が俺のベストポジションだ。久し振りの麻雀。一番熱中したのは中学時代だった。雪深い東北、暴走族は冬場は活動できない。だから麻雀を打つ。チームに入ってなかった俺がたまり場に顔を出してもいつも歓迎された。暴走族、不良といってもそれほど兇悪な連中ではなく、ただ退屈を我慢できない健全な中高生たちだった。チームに入らないかと誘われたのは一度だけで、それを断ってもどういうわけか出入禁止にはされなかった。勉強が嫌いだから不良になったというのばかりではなく学業優秀、とりわけ理数系に強く本気で麻雀を研究する奴もいた。1000点10円、親の役満でも480円という小さな麻雀だったがそれなりに楽しめた。1年遅れで高校に入ってからはたまり場に行かなくなった。麻雀を打ったのは正月だけだった気がする。この街に出てきた。会社の

寮に自動卓があり、たまに遊んだ。その頃から俺の麻雀が変わった。いつもみゆきがいっしょだった。みゆきは俺の後ろに座り、俺の麻雀を見ていた。おかしな打ちかたはできなかった。ルールを知らなかったみゆきは俺の後ろで麻雀を覚えていった。あの寮を出てから一度も牌を握っていない。ずいぶん久し振りの牌の感触だった。

東1局

ドラ

　悪くない、というよりなかなかの好配牌だ。ピンズの一通（イッツウ）というのは遠いだろうがそれでもは持つ価値がある。ツモ次第。俺はそんな戦略しか思いつかなかった。橘広海、黒木小百合、尾崎。3人とも素人ではない。麻雀を打つ姿勢、牌捌き、そして牌を握る雰囲気が素人ではない。雀力はまだ見えていない。、、。無駄ヅモが続いた。

「リーチ」

　黒木小百合がを曲げた。テンパイ気配は感じられなかった。橘広海がを切り、尾崎はを出した。俺のツモ、。いいトコを持ってきた。黒木小百合の

222

捨牌は🀙、🀊、🀫。安牌はひとつもないがベタオリするつもりもない。🀂と🀄、尾崎の第一打が🀄だったが🀂はまだ１枚も見えていない。打🀄。

「ロン」

ドラ

🀙🀙🀙🀋🀌🀍🀠🀡🀢🀖🀗🀘🀄

　黒木小百合が裏ドラをめくる。🀈が見えた。

「リーチ、一発、ドラ３。満貫よ」

　黒木小百合が微笑みを投げかけてくる。２月の風よりも澄みきった瞳、その眩しさに俺は懐かしさを感じた。引き出しから点棒を取り出し、黒木小百合に手渡す。白くしなやかな指。それにも見憶えがあるような気がした。100人いれば100の麻雀がある。俺はあの形ではリーチをかけない。1000回あの手が入っても1000回手代わりを待つ。他の３人に時間を与え、あがりを逃し逆に点を失う可能性もある。それでも手代わりを待つ。しかも今は東１局の４巡目で彼女は親ではない。俺はやらないというだけで黒木小百合の麻雀に文句はない。満貫であがった。偶然、裏ドラが乗った。それも含めて黒木小百合の強さなのだ。🀄を出した俺が温かったのではない。🀂から出していたとしても結果として俺にあがりはなかったはずだ。橘広海のとも

だちで尾崎に近いところにいる女。手強いに決まって
いる。親を引き摺り降ろして自分に持ってくる。思い
通りにいかないから麻雀はおもしろい。東1局での満
貫放銃、痛いに決まっている。だがひとつ情報を得た。
黒木小百合の麻雀。そして8000点で親を買った、そう
思うことにしよう。

東2局

　重い。親なのに、重い。だが俺はこんな配牌でもい
つも我慢してきた。みゆきに見られていた。だから俺
は崩れない。打🀫。最初のツモが🀝だった。打🀟。
中学生の頃からこんな配牌では国士とチャンタの両天
秤でまん中から捨てていた。それで国士をあがったこ
ともある。そんな打ちかたが好きだった。みゆきに見
られるようになって麻雀が変わった。まず状況を考え
る。東2局の親でマイナス8000点、まだ博打を打つ段
階ではない。国士以外の手のほうがあがれる確率が高
い。つまらない打ちかただがあたる時はあたる。🀗、
🀋、🀟を持ってきた。◻︎はまだ1枚も見えていない。
麻雀においてドラというのは重要だ。この店では赤牌

は使ってないようだ。通常4枚、リーチやカンを入れ
ればさらに増えるドラ。見えなくても、誰かがさらし
ていても脅威となる。7巡目、そのドラを引いてきた。
他の3枚はまだ見えていない。誰かの手中で暗刻にな
っているかもしれない。対子で持ち、そのまま使うか
3枚目を待っているかもしれない。4人が1枚ずつあ
たためているのか、それともまだ山に眠っているのか。
とにかく俺に見えているのはこの1枚だけだ。打🀫。

🀙🀚🀛🀇🀈🀉🀆🀘🀘🀖🀖🀖

イーシャンテン。

「リーチ」

　対面の橘広海が□（ドラ）を曲げた。誰も反応しない。だ
から誰も対子で持ってないということではない。もち
ろん橘広海が暗刻から1枚外し、雀頭として使ってい
る可能性もある。もしそうなら俺にあがり目はない。
なぜなら俺は□（ドラ）単騎で橘広海を追うからだ。だから
□はまだ山の中にあることにしよう。俺のツモ、🀘。
全部狙い通りだ。この局は橘広海がくる、そう読んで
彼女の安牌（アンパイ）🀫を残しておいた。

「リーチ」

　手なりでドラ単騎のリーチ、3人はどう読むのだろ

う。誰も顔色ひとつ変えない。すぐに俺のツモ番が回ってきた。ゆっくり手を伸ばす。掴んだ牌は□だった。

「ツモ」

🀙🀙🀙 一萬 二萬 三萬 🀎🀎🀎 北 北 北 □ □

裏ドラをめくる。🀎だった。

「リーチ・一発・ツモ・ドラ3。6000オールです」

黒木小百合の鮮やかな狙い撃ちとは違う。ただ最初のツモが□（ドラ）でたまたま裏も乗った。ツキだけのハネ満だ。麻雀はツキじゃない。それはツキがない時に使う言葉だ。ある時はそれに乗ればいい。

東2局1本場

🀙🀙🀙 🀎🀎🀎 🀚🀚🀚 🀛🀛🀛 東 東 南 西

こんな配牌をお化けと呼ぶのだろう。役満はいらない。東が出たら鳴く。満貫でいい。この配牌で満貫では物足りない。だが迷うことなくそう決められた。つまり、今の俺はそこそこ強い。

「ポン」

俺の第一打、オタ風の西を鳴いたのは黒木小百合だった。さっきの局のあがり、そして今の鳴き。素人

がやれば素人の手だが黒木小百合は素人ではない。雀歴が長いかどうかは知らない。今日初めて会った女のことだ。だがこの女には得体の知れぬ野性を感じる。橘広海と尾崎の知り合いで黒いランボルギーニの飼主。ランボルギーニの助手席に黄色い薔薇を置き、革ジャンパーがよく似合う。煙草は HOPE でそれ以外特に持物はないようだ。そしてここまでの麻雀。俺が黒木小百合について知ってることはそれくらいだが纏っている雰囲気がただ者ではない。橘広海の野性とは色が違う。太陽の光、大観衆の中の孤独と暗闇の薔薇。大海原の自由と月の砂漠。それは似てないようでよく似ている。どちらも、夜になれば星が美しい。そうこのふたりはよく似ている。孤独で麗しく誇り高きけもの。

「俺はどっちも好きさ」

　尾崎が言ったのは車のことだけではなかったようだ。橘広海の強さは知っている。ビデオテープが擦り切れるほど夢中になった。そして今、黒木小百合の強さを知った。彼女は[西]を必要としていたのではない。俺の配牌とツモが見えたわけでもない。それでも鳴いた。技術とも経験とも違う強さ。それが、野性の強さ。

[九萬]、[八萬]、[⑧筒]、[二萬]、[索]。無駄ツモが続いた。[東]も出ない。だがこの局はまだ続いている。[三萬]ツモ切り。

それでも俺の親はまだ終わっていない。

「リーチ」

　対面の橘広海が牌を曲げた。しなやかな指先、だが特別大きくもないふつうの女の手だ。ふつうではなく、世界と戦ってきた手。彼女は毎年ウィンブルドンのテレビ中継の解説をしている。橘広海のいない大会には興味はないが、解説者としての彼女を見たいがために俺は毎年テレビのチャンネルを合わす。解説者の顔が映されるのは僅かな時間だけだが、それでも彼女を見られるのはうれしい。遠くからウィンブルドンを見つめる彼女の瞳は苦しくなるほど切ない。今の彼女は違う。麻雀を、そして勝負を楽しむ妖精の顔だ。俺のツモ、🀄。やっと１枚入った。橘広海の顔を見てたら引いてきた。

🀚🀍🀍🀍🀑🀑🀑🀑🀑🀑🀀🀀🀁🀁

　配牌から居座っている目障りな🀚。やっとおさらばできる。

「チー」

　その🀚を黒木小百合が両面で持っていった。橘広海が🀄をツモ切り、尾崎がツモった牌を収い手の内から🀡を出した。

228

「ロン」

橘広海が手を倒す。

ドラ　　　　　　　　　　　　　　　ロン

（麻雀牌：一萬 二萬 三萬 六萬 七萬 八萬）

裏ドラは乗らない。1本場で4200点だ。俺の手が見えたわけではないだろう。気配を察知し、尾崎は橘広海に安目を差しこんだ。裏は乗らない。4200なら、とそこまで読んだのか。ふつうの男ではない。死神ならたやすいことなのかもしれない。

東3局

予想通りどうしようもない配牌。何もできない。誰か早く安い手で流してくれ、そんな配牌だ。前の局で黒木小百合に斬られた。尾崎もいい仕事をした。頭ではそうすべきかと分かっていても実際に自分を犠牲にできるかという問題だ。俺にはできない。4200点だと分かっていれば覚悟はできる。だが裏返しの麻雀牌、読めば読むほど見えなくなる。そして裏ドラもある。競技麻雀では一発、裏ドラはないときく。あるほうがおもしろい。俺が知る限り、麻雀とは世界一スリリングなゲームだ。

「ポン」

橘広海の声、俺が捨てた🀫を拾っていく。ウィンブルドンの妖精が俺の捨てた牌を大事にしてくれる。そんなことさえ、奇跡に思える。

「チー」

　今度は黒木小百合の🀫🀫を鳴いた。初めて橘広海の声をきいたのは高校生の時、みゆきに押しつけられたビデオテープでだった。テニスの試合だ、会話をしているのではない。叫び。ウィンブルドンの緑の芝を揺さぶる叫び声。それは時間も距離も遠く離れた俺の心にも響いた。熱かった。そしてそれが橘広海の最後の試合だった。花が散るようにコートを去った。その見事な幕引きにも痺れた。それから毎年ウィンブルドンの中継を見るようになった。妖精はコートに立たない。解説者としての声をきくのも愉しみだった。クールでどこかさみしげで時々ジョークも放つ。コートを去った妖精も好きなのはたぶん俺だけではない。その橘広海と向かい合っている。テニスコートのネットに隔てられていない。ほんの１メートルしか離れていない。緊張しないわけがない。

「ツモ」

　きっちり高目であがった。走って拾う。それが彼女のスタイルだった。白いウェアに身を包み、黒髪をなびかせ緑の芝を駆けまわる。人々はそんな姿を妖精と称した。まったく美しい。コートの外でも彼女は妖精だ。俺も何度かラケットを握ったことがある。最初は高校２年の夏休み、学校のコートだった。橘広海に憧れていたみゆきは高校に入ってからテニスを始めた。雪深い東北、冬は体育館で卓球やバレーボールもする、そんな部活動だった。盆休みだったか部活動のない早朝みゆきに付き合わされた。コートに立って驚いた。広い。俺が知っていたテニスはウィンブルドンのあの試合だけだった。こんなに広いコートを２時間近くも駆けまわっていたのか。人間業とは思えない。だから、妖精なのか。俺はツイている。橘広海の戦いをこんな間近で見られるとは。席を立った尾崎がストーブの火を消して戻ってきた。店の中も麻雀もだいぶあたたまってきた。

東4局

　麻雀が始まってから余計な会話はほとんどない。陽気な尾崎が喋らなくなっている。不思議な空気を持った男だ。静かに牙を磨いでいる気配はない。勝負に没頭しているようでもない。ただ麻雀を愉しんでいるだけに見える。牌に語りかけ牌の声をきく。麻雀牌は喋らない。それでも尾崎は全身で感じている。外で車をいじっていた時と同じ表情だ。この男は車を好きなのと同じように麻雀も好きなのだ。黒木小百合、この女はやはり尾崎に似ている。勝負をしているという緊迫感はない。クールな表情で摸打を繰り返す。もっと麻雀を知りたい、麻雀に近づきたい。そんな感じで牌を握っている。ふたりとも麻雀が始まってからは煙草に火をつけていない。エアコンも音楽も流れていない店内、風も動かない。ストーブの火も消されやかんの音もしなくなった。時折牌が触れ合う小さな音がきこえるだけだ。2月の朝というのを忘れさせるような静かな時間がゆっくり流れている。
「テンパイ」
　橘広海が手を開いた。黒木小百合と尾崎は手を伏せている。俺も牌を伏せ、橘広海に1000点棒を渡した。

東4局1本場

4200、8000。そしてひとりテンパイの3000。麻雀の流れとは単純なものではないがそれでも橘広海は乗るだろう。世界の舞台で戦ってきた女だ。勝負を知っている。だが麻雀だ。計算通りにはいかない。ここには勝負を知ってる男もいる。野生の女もいる。他力に頼るというのではなく、つまりこれも麻雀だ。そういえばずいぶんすっきりしている。夜中の記憶はほとんど残っていない。それほど酔ってたはずなのに今はすっかり消えている。腹一杯パンを食ったからか。そうではない。橘広海を見た瞬間、酔いは吹っ飛んだ。ウィンブルドンの妖精と出会う、想像したこともなかった。今こうして向かい合って座っている。これはすごいことなのだ。橘広海と罰ゲームを賭けて勝負をしている。これをまっ先に話したい女がいる。俺に橘広海を教えてくれた女。いつも俺のそばにいてぬくもりを分けてくれたみゆき。守ってやれなかった。自分だけ逃げ出した。同じ街に住んでいる。それでもずいぶん離れてしまった。

「ポン」

橘広海が捨てた　を尾崎が拾いあげた。車屋の尾崎、力は入っていない。さりげなく、そして着実に仕事を

している。そうか、思い出した。大通り沿いに尾崎自動車というのがある。大きな倉庫が展示場になっている店だ。見るだけでも楽しめる、そんな車が揃ってる店だと同僚にきいたことがある。なるほど。ポルシェ、ランボルギーニ、ランチア。あんな車は見るだけで得をした気分になる。あの白いポルシェは店の売物なのだろう。橘広海に赤いランチアはよく似合う。だが熱い女だからこそ純白のポルシェも似合うはずだ。最初に見た時、雪のような馬車だと思った。だからあの車には死神ではなく妖精に乗ってもらいたい。

「ロン」

妖精が出した🀪に死神が手を倒した。

一萬	二萬	二萬	三萬	三萬	四萬	九萬	九萬	🀫	ポン		

ロン
九萬

　そうここは安くてもいいのだ。橘広海の親を流す、尾崎はきっちり仕事をした。まだ6巡目、そして尾崎の捨牌には🀍が出ている。東4局1本場、点数的に一番沈んだ男がここで□だけであがる。そんなことができる男だ。

南1局

　ここまでで橘広海が2回、あとの3人は1回ずつあがったわけだが尾崎のあがりは稼ぎにいったのではない。橘広海の親を終わらすためのあがり。それはまさに仕事だった。東2の1本場では橘広海の安目に差しこんだ。仕事という言葉は金を稼ぐという意味だけではない。何かを造る。尾崎は今の状況ではなくもっと先を見ているようだ。

「海の匂いがしないわ」

「今日はサボった」

　そんな会話をしていた。日焼けした尾崎の顔、あれは海で焼けたのか。サボるという言葉からすると遊びではない。海岸でランニング、これも自分の利益だから違う。車屋の仕事に支障なく朝の海でやれる事。海岸のゴミ拾い。それならサボるという言葉も使える。さっき外で自分の吸殻をポケットに入れた。そうか、尾崎はそんな仕事もしているのか。時間がかかったが謎が解けた。もともと頭はそんなに悪くない。伊達に中学を4年も勤めてはいない。海岸の掃除をしても誰も金を払ってはくれない。星をひとつ美しくする。そんなとてつもなくでかい仕事が似合う男だ。

「ロン」

黒木小百合の3900点が橘広海を直撃した。橘広海が出した🀙は俺の山越しだった。トップ目だから狙い撃つ。それも当然のことかもしれないがこのふたり、俺と尾崎同様差し馬でもあるのかもしれない。そうか、それだ。黒木小百合が俺と尾崎の勝負に気づいていた。何もないところから推測したのではなく、俺たちの空気を観察して、自分たちにそれがあるからこのふたりにもと連想したのか。そして俺の推理があたっているとすれば今の3900点は点数以上に大きい。橘広海が失速した。尾崎の仕事が効いているのか。東4局1本場での安あがり、あれは1300点だったがただの1300点ではなかった。もっと大きな意味を持っている。不思議な麻雀だった。尾崎が道を造りそこを麻雀が流れていく、そんな気さえする。だが尾崎の親が終わったのも事実だ。そして、俺に南場の親が回ってきた。

　南2局
　奥から物音がきこえる。そういえば誰かが寝ていると尾崎が言っていた。
「勝手口から脱出する気だな」
「顔くらい、見せてくれればいいのに」
　橘広海の口調には親しみがこめられている。俺が寝

床を取ったと尾崎が言っていた。いつもあのソファー
で眠るのか。確かに寝心地のいいソファーだったが自
分の部屋はないのだろうか。雷鳴の如く、ランボルギ
ーニが吠え声をあげた。時間を置かず動き出す。尾崎
がいじっていた時と同じいい音だ。野生のバッファロ
ーは誰でも簡単に乗せはしない。けもののともだちは
やはりけものなのか。

「ロン」

　俺が出した  に橘広海が手を倒した。

まだ見ぬ男に気を取られたわけではない。

俺もドラ2をテンパイしていた。橘広海のテンパイ
気配も読んでいた。だが █ は尾崎に対して危険だと
感じた。南2でトップ目が2着に放銃する。弛んでい
たわけではない。あの手、ピンズが入ればでかくなっ
ていた。結果としてそれを阻止した。橘広海も尾崎を
警戒したのだろう。躊躇なく手を倒した。俺にとって
は妥協の局だった。たぶん、橘広海にとっても。だが
尾崎は違う。ラス目なのに警戒され手を開けることが

できなかった。それを痛いとも感じていないようだ。ただ静かに次局の準備をしている。

「俺は負けんよ」

　そう言った。目標や希望ではなくただささらりと言ってのけた。不思議な魅力を持った男だ。近くにいればまだまだおもしろいものを見ることができるだろう。だから、倒す。

「ポルシェはいらない。それより、俺を尾崎自動車で使ってくれよ」

　そんなセリフを決めてみたい。尾崎は悔しそうな顔をしない。ただいつもと同じように笑うだけだ。いつもと同じように、か。まったく不思議な男。出会ったばかりのはずなのに、ずっと前から俺はこの男を知っているような気がする。俺もこの男を社長と呼んでみたい。尾崎に勝つだけでなく、トップを獲って俺の再就職への土産とする。

　南３局

　静かに麻雀が進んでいく。麻雀には夜が似合う。朝の麻雀、そこにはまるで異次元のような空気が流れていた。車屋の尾崎とふたりの女たちが造り出す場というやつだろうか。現実には４人しかいないのに他にも

誰かがいるような気がする。ある、と表現するべきか。
４人で卓を囲み牌を握ることによって生じる得体の知
れぬ何かを場という言葉で片づけてしまうのは分かり
やすくていい。そんな空気を愉しむのも麻雀の醍醐味
のひとつなのだろう。店内はあたたかい。ストーブの
余熱だけでなく、窓から日も射しこんでいる。４人が
向かい合っている。俺の対面には橘広海、熱い女だ。
それでも俺の心まであたためてはくれない。心など、
他人にあたためてもらうものでもない。

俺は親父を知らない。父親がどんなものかを知らな
い。みゆきといっしょになり、自分がそれになるはず
だった。なれなかった。みゆきから笑顔が消えた。俺
が愛したみゆきの笑顔。ふたりで取り戻さなければな
らない、そう分かっていた。だが俺は逃げ出した。自
分だけ、逃げ出した。守ってやれなかった。そんな俺
にぬくもりなど降るはずもない。

ウィンブルドンの妖精、橘広海。彼女はとにかく人
気があった。コートの外でもカメラに追われていた。
週刊誌で読んだことがある。引退して、男と別れたと
いう記事だった。疵のない人間はいないだろう。他人
の疵を生活の糧とする者がいる。彼女の疵は大衆の前
に引き摺り出され、晒される。重いだろう。重いはず

だ。それでも彼女は堂々と自分の足で立っている。

「テンパイ」

　黒木小百合と尾崎が手を開いた。

（麻雀牌の図）

　俺もいつの間にかテンパイしていた。橘広海はひとり手を伏せている。白い煙が流れてきた。黒木小百合の煙草。みゆきを残して部屋を出る時、煙草とライターを置いてきた。煙草で苦しんだのは１週間ほどだ。慣れればそんなのは痛みではなくなる。何もできなかった。ただ自分の痛みを紛らわすために煙草をやめ、飲めない酒に溺れようとした。

「長谷部さんは禁煙してるのね」

　黒木小百合の声が流れてきた。

「ええ」

「染みついた匂いが消えかかっているわ」

　そんなのが分かるのか。いや、分かるはずがない。もう３ヶ月になる。たとえ麻薬探知犬でも嗅ぎつけることはできないだろう。

「匂いはいつか消える。けれど沁みついた気持ちは消えはしないわ」

　橘広海がまっすぐ俺を見てくる。どこかさみしげな

瞳。疵も、消えはしないだろう。

「まだ一度も笑ってないわね」

　橘広海は俺から眼を逸らさない。さみしげで、それでも熱い瞳。みゆきに笑顔が戻るまで、俺は心から笑うことはない。

「広海は長谷部さんの笑顔が見たいのね？」

「きっと社長のせいだわ」

「やっぱり社長が悪人なの？」

「社長の笑顔が素敵だから他の男（ひと）の笑顔も気になるの」

　橘広海はもう俺の顔を見てなかった。尾崎の顔も見ていない。深く静かな瞳でもっと遠くを見つめている。

「自転車の乗りかたというのは一度覚えたら忘れないらしいぞ」

　尾崎の話し声をきくのは久し振りのような気がした。

「何よ、それ？」

「泣いて、笑う。この世に生まれて最初にやることだ。忘れないさ」

「そうね、私も忘れなかった。泣きかたも、笑いかたも」

　灰皿で煙草を消した黒木小百合の手が伸びてきて俺の手首のあたりに触れてくる。白く、しなやかな指。

緊張した俺は動くことができなかった。一瞬だったか
そうでなかったのか、鳥が飛び立つように黒木小百合
の指が離れていく。

「冬、なのね」

　俺の心の温度を測ったのか。

「それでもいつか桜が咲くわ。こんな色のね」

　橘広海が椅子の背にかけてあるマフラーをいじって
いる。あれは桃色ではなく桜色なのか。

「そして桜の次は緑の季節よ」

　橘広海のいないウィンブルドン。今ではもうそれが
あたり前になっている。だが消えない。橘広海がコー
トを駆けまわる姿は俺の中に永遠に残る。彼女は毎年
ウィンブルドンのテレビ中継の解説をしている。あれ
は仕事ではなく、自分自身と向き合っているのか。彼
女は過去から逃げない。今でも戦っている。

「桜も緑も先の話だな。まず昼めしのことを考えよう
ぜ。俺は夜はビールだけでもいいが昼はしっかり食う
からな」

「誰に言ってるのよ？」

「食事係にさ。そろそろ覚悟を決めろよ」

「断ラスのくせに」

　３人が静かに笑った。そして誰ひとり俺の顔など見

ていない。人の思いやりを受けることができずに情け
ない顔のままの俺を見ようとしない。もう誰の口から
も言葉は出てこなかった。黒木小百合がサイコロに手
を伸ばす。

　南３局１本場
「ポン」
　早い仕掛けだ。橘広海が２巡目に出した□を尾崎
が拾った。まだ情報が少なすぎるが大物手を狙ってい
るのだろうか。南３局１本場、ゲームセットが近づい
てきている。尾崎は持ち点14100でラス目、大きいあ
がりが欲しいはずだ。だが、麻雀。願えば叶うもので
もない。黒木小百合がを出した。俺は緊張したが
何も起こりはしなかった。東１局からずっと同じだ。
尾崎の表情も、そして静かに流れる麻雀も。
「ツモ」
　尾崎が手を開いた。

ツモ

まだ４巡目だ。なぜそれをあがることができる？

[🀅]がドラだ。ホンイツにすればそこそこの手になるじゃないか。[🀄]を処理する時間がないと考えたのか。誰に対して？ まだ4巡目だ。南3でラス目が5本3本を拾う。1本場で6本4本か。その1400点に意味はあるのか。まあいい。尾崎の麻雀で尾崎の点棒だ。時は止まらない。橘広海がサイコロに手を伸ばす。南4局が、始まる。

　風が動いた。店の扉は開いてない。だから風は動かない。それでも何かが動いた。俺たち4人以外にも誰かいる。誰も、いない。だが確実に何かが存在する。俺の知らない何かが。車屋の尾崎、橘広海、黒木小百合。3人の表情に変化はない。気づいてないのか。それとも慣れているのか。何に慣れているというのだ。この得体の知れぬ雰囲気にか。この空気は一体何なのだ。尾崎の第1打、[🀎]。何も感じない。何も分からない。俺の最初のツモ、[🀊]。

[🀡][🀡][🀡][🀇][🀈][🀈][🀉][🀉][🀒][🀙][🀙][🀙][🀙][🀡][🀡]

　打[🀙]。軽い手だ。橘広海との差は9000点。俺がトップになるためには直撃なら5200、ツモでは6400が必要だ。尾崎の第2打、[🀅]。やはり何も見えてこない。それでも確実にそこに尾崎という男が存在する。

244

　最初に気配を現わしたのは橘広海だった。具体的にどういうことかは分からない。ただ俺がそう感じただけだ。3人とも初対面だが彼女の場合は少し違う。何度も観た、あの伝説のラストゲームを。人を理解するというのは簡単なことではない。だが俺は彼女を知っている。ウィンブルドンの妖精橘広海。熱い女だ。退屈な勝負は望まないだろう、世界で戦ってきた彼女はスリルを求めている。

　6巡目、やっと有効牌を持ってきた。

（牌の図）　二萬

　打（二萬）。河に么九牌が少ないがそれを気にしても仕方がない。俺がこの手をあがりきればいいだけだ。麻雀が静かに進んでいく。だが何かが違う。おかしな空気が漂っている。それが何だか分からない。俺はジャングルに迷いこんだ兎なのか。けものがいる。棘も毒もある。喰う者と喰われる者。そして妖しい花もある。兎だから喰われるとは限らない。五感を集中させ出口を探す。兎にも歯くらいある。兎も、戦えるのだ。8巡目、尾崎が（ドラ牌）を手出しした。ぞくりとした。尾崎の表情は変わらない。この男は初めから何も変わっていない。だが空気が動いた。空気が教えてくれた。国

士無双テンパイ。尾崎は国士をやっていたのか。俺の
ツモ、🀡。初牌だ。切れる牌ではない。打🀤🀤。尾崎
の河には🀄と🀆が出ている。それ以外の么九牌は全
て危険牌だ。役満というのはテンパイまでが難しい。
そしてあがるのはもっと難しい。無理に勝負をする必
要はない。尾崎があがれなければ俺の勝ちなのだ。
「リーチ」
　リーチ、だと？　橘広海が🀘を曲げている。ここ
でトップ目がリーチをかける必要があるのか。尾崎の
国士に気づいてないのか。そうではない。そこに尾崎
がいるから彼女は向かっていった。橘広海、熱い女だ。
尾崎は🀙ツモ切り。俺のツモ、🀕だった。

🀃🀐🀑🀒🀓🀇🀇🀈🀈🀉🀉🀤🀤

　テンパイだが冒険する必要はない。🀤対子落とし
でいい。🀤なら尾崎にも橘広海にも通る。尾崎より
先に橘広海があがればゲームセットだ。この🀃は切
れる牌ではない。進めぬのなら留まればいい。それさ
えできぬのなら退がればいい。たいしたことではない。
どうせ俺の麻雀だ。あつい。熱い光が俺を射抜いてく
る。対面の橘広海と眼が合った。まともにぶつかった。
熱く眩しい瞳。美しきけもの。ウィンブルドンの妖精

が俺を誘っている。俺と、勝負してくれている。俺は
見当違いをしていた。南1局、黒木小百合の3900点が
橘広海を直撃した。あれで彼女は失速したと思った。
するはずがない。さらに火がついただけだ。南2で俺
が出した🀄に手を倒した。あれが、妥協だと？　そ
んなわけがない。トップ目の俺に喰らいついた、それ
だけのことだ。今、尾崎の国士だけでは物足りず、俺
にも向かってこいと誘っている。たまらない。そんな
熱い眼で見られたらたまらない。抗えない。逃げられ
ない。もとより逃げるつもりはない。橘広海に出会え
た。俺は生まれて初めて神に感謝したい。死神も、神
の内だ。尾崎があがれなければ俺の勝ち。これはそん
な安い勝負ではない。サイドテーブルのグラスを掴み、
ひと息に飲み干す。妖精が分けてくれた水、力が湧い
てくる。🀄に手をかける。盛大で厳かな土曜の朝の
パーティー、もっと楽しもうじゃないか。

「リーチ」

　誰も動かない。風も、動かない。黒木小百合が山に
手を伸ばしただけだ。白くしなやかな指。掴んだ。何
を掴んだかは見えない。だが感じる。けものの牙を。
黒木小百合もテンパイ。国士無双なのか。オーラスで
ふたりが国士テンパイ。そんな麻雀が、今ここにある。

痺れた。たまらない、これをスリルというのか。黒木小百合が🀫を手出しする。橘広海が山に手を伸ばす。世界で戦ってきた手、ビデオを観ていた俺の心を震わせた手。こちらもけものだ。だが違う。掴んだ牌、それは彼女の獲物ではない。橘広海は牌を見ない。表情も変えない。指先で確認しただけで河に落とす。🀐。誰の声もきこえない。張り裂けそうな空気が止んだ。尾崎のツモ、その牌が何なのか見えはしない。だが分かった。どうしようもなく分かった。この麻雀は尾崎の麻雀だったということが。

「ツモ」

　静かに引き寄せた牌は🀅だった。

「あの試合、俺はウィンブルドンで観たんだよ」

　煙草に火をつけた尾崎が語り始めた。

「何日か店をサボるのだからな。アストンマーチンを探しに行く。そう言って飛行機に乗った。着いてからてこずった。チケットがなくてね。だが金は持ってた。なにせアストンマーチンを買いに行ったのだからな。何とかチケットを手に入れ俺もウィンブルドンの一部

になった。分かるか？　ウィンブルドンの一部だ。震えたよ。芝の妖精とブロンドの女王がコートを駈けまわるんだぜ。息をするのも忘れた。そして気づいた。涙というのは勝手に流れるものだと」

　そうだった。現地では芝の妖精と謳われていた。尾崎が灰皿を使う。

「橘広海と勝負する。この冬の朝に、俺の夢が叶ったよ」

　さわやかな笑顔を見せた尾崎が立ちあがり、背を向けた。ただの背中ではない。負けたことがある。誰よりも負けを知っている、そんな背中だった。

「俺はしばらく寝るよ。めしができたら起こしてくれ。天使の囁きでな」

「誰に言ってるのよ？」

「天使にさ」

　尾崎はソファーに向かって歩いていく。あの寝心地のいいソファーで眠るのか。天使の囁きで目を覚ます。トップ賞の褒美だ。

「ふつう天使のくちづけって言わないかしら。囁くのは悪魔だわ」

「妖精と天使って別の生き物よね？」

「誰かに小悪魔って言われたわ」

「悪魔は一匹二匹って数えるけど妖精や天使もそうなのかしら？」

「一匹？　蛙といっしょなの？」

「ウィンブルドンにも蛙はいるの？」

「さあ、どうかしら。バッタはいたけど」

「食べられるやつなの？」

「食べる？　バッタを食べるのはカマキリよ」

「食べられるバッタもいるのよ。図鑑で見たことがあるわ」

　蝗（いなご）のことだろうか。しかしコートにはいないだろう。

「ねぇ広海、今度ウィンブルドンに行ったらバッタを捕まえてきてよ。吉井さんに料理してもらいましょう」

「やめてよ。バチがあたるわ」

　黒木小百合の小悪魔な笑顔。からかわれたことに気づいた橘広海がぷいと横を向く。ふたりの女たち、どちらも小悪魔で、どちらも天使だ。

「オーラスで国士ツモって逆転トップ。勝手に懺悔してさっさと逃げる。やりたい放題だわ」

「あれって懺悔なの？」

「店をサボって妖精を見に行った。懺悔ってそういうことでしょう。なに？　広海はもっとすごい話を用意してたの？」

「してないわよ」

　俺は、していた。もしかすると橘広海は尾崎の国士ツモを見切っていたのか。リーチ棒を出せば俺と同点で3着。俺がリーチをかけてもツモがないからそれは返ってくる。分かっててのことなのか。俺をラスにしないために。しかし自分が尾崎のあたり牌を掴むかもしれないという考えはなかったのか。ウィンブルドンの妖精は俺に懺悔をさせないために博打を打ったのか。そして尾崎はそれも計算に入れていたのか。オーラスで役満をツモる。ふたり同点でラスを出さないために細かく刻んできた。麻雀を自由に操ってきた。そんなことができるのか。描けば叶うのか。それともただの偶然か。どちらにしろ俺は負けた。何もできなかった。国士をツモった尾崎はすぐに語り出した。負けたのを悔やむ間もないほどすぐに。あの男、全部持っていきやがった。夢が叶っただと？　俺が言えないことをさらりと言いやがった。勝者の権利も懺悔も締めのセリフも全部持っていった。麻雀を、ひとり占めしやがった。

「さて、ふたりで何をごちそうしてくれるのかしら？」

「長谷部さんには買い出しに付き合ってもらうだけよ。荷物係ね」

「広海、あなたひとりでできるの？」

「男性のために食事を用意する。私は今、女として生まれたことに感謝してるの」

　橘広海の、天使で小悪魔な笑顔。

「私も手伝うわ」

「だめよ、小百合の仕事はお皿洗いよ」

「橘さん、よろしかったらポルシェに試乗されませんか？」

　キーが付いているのは確認してある。

「いいの？　それは楽しみだわ」

　まったく楽しみだ。初めて見た時、白い馬車かと思った。妖精がハンドルを握れば空を翔べるかもしれない。

「港町ならこの時間でも市が立ってるぜ」

　ソファーから声がきこえた。

「社長。あのポルシェは？」

「911ターボ。年式はそこそこだ。役満を2回あがれば買えるぜ」

　ふたりの女は顔を見合わせている。

「役満を2回っていくらよ？」

「さあ。年式はそこそこって、寝ボケてるのかしら」

「だけどポルシェで海までドライブって、それじゃあ

罰ゲームにならないわ。でも仕方ないか。さっきの麻雀、私だけいいトコなかったものね」

　そんなことはない、負けたのは俺なのだ。

「リクエストはあるかしら？」

　橘広海はメモ用紙とペンを手にしている。

「広海の得意料理がいいわ。だいたい注文取るほどレパートリーあるの？」

「私は長谷部さんと社長にきいたのよ」

「俺も橘さんの得意料理がいいです」

　ソファーからは声がきこえない。

「寝たのかしら」

「６人分よ、広海。大盛りで６人分」

「分かってるわよ」

　橘広海の手料理、これは楽しみだ。まっ先に話したい相手がいる。嫉妬するだろう。女として橘広海に嫉妬するのではなく、彼女の料理を食べる俺をうらやましがるはずだ。そしていっしょに喜んでくれるだろう。もう３ヶ月、アパートに帰ってない。３ヶ月もみゆきの顔を見ていない。毎週仕送りをしている。一度だけ、こっそり見に行った。玄関先のプランター、きちんと手入れしてあった。春になればまたなでしことチューリップに会えるだろう。どんなに寒い冬でもそれは終

わる。そんなあたり前のことをウィンブルドンの妖精が思い出させてくれた。夢よりも不思議な冬の朝の奇跡だった。

「そろそろ行きましょうか」

　腰をあげた橘広海がマフラーを首に巻きつけている。空色のトレーニングウェアも桜色のマフラーも白いポルシェに映えるだろう。扉を開ければ2月の風が待っている。

　寒いのは冬のせいだけじゃない。

　それは、分かっていた。

Angel Flight

CAST 鈴木洋子
　　　黒木小百合
　　　黒川
　　　金井

初めて天使を見たのは中学３年の時だった。左足の複雑骨折、救急車で運びこまれた病院で１ヶ月過ごした。夏が終わった頃だったか、部活動を引退し高校受験を控えた中学３年生、ひとりだけ別の世界においてきぼりになってしまった。つらかった。大好きなともだちと会えないというのが傷の痛みよりつらかった。

　将来について真剣に考えたことはなかった。ふつうに高校へ進学して、あとはそれから考えればいいと思っていた。病室に教科書やノートを持ちこんでいたけどあまり見る気になれなかった。学校のことが気になった。ともだちのことを考えた。みんな先を急いでいるのに私の足は動かない。私の時計だけ、止まっていた。

　そんな私にとって忙しそうに働く看護婦の姿は刺激的だった。いつも元気に動きまわり、笑顔を絶やさない。その笑顔を見るだけで私はずいぶん救われた。
「私たちは傷を治すことはできない。だけど、あなたの味方よ」

　私は心を癒された。相談に乗ってもらったことも一度や二度ではない、元気と勇気を分けてもらった。優しく、たくましく動きまわる白衣の天使。彼女たちの背中に翼が見えた。私も看護婦になりたい。気がつけ

ばそう思うようになっていた。

　目標を持った。そこにたどり着くためには前に進まなくてはならない。たとえ歩けなくても這うことはできる。いちばん大事なのは前を見ること、どんなに遠くても、それをしっかり見なければ何も始まらない。詰めこむだけの受験勉強も目標があれば苦にはならなかった。入学試験、そして合格発表。涙を流して喜ぶ同級生もいたけど、私にとってはただの通過点だった。

　真夏の太陽、秋の月、冬の風、そして春の夢。時は流れる。私は目標に向かって進み続けた。暑い夏、どんなに汗を流しても目標は流れない。春、新しい風が吹いても私は変わらない。あたり前のように時は流れ、私は今、看護師として病院に勤務していた。

　病院には命がある。命の始まりと、終わりゆく命。光と影。傷、痛み、疵、苦しみ。笑顔と涙。そして別れ。永遠の、別れ。私はそんな病院を職場にすることを選んだのだ。覚悟はしていた。立ち向かう覚悟はできていた。

　ゆみという7歳の少女がいた。優しくてかわいらしい、誰からも愛される女の子だった。ゆみはその小さなからだには重すぎる運命を背負っていた。全ての病

院スタッフ、家族、そしてゆみ本人もそれを知っていた。私はゆみの涙を見たことはない。いつも優しい瞳をしていた。その瞳を見るたび、心が痛んだ。
「そんな悲しい顔しちゃだめよ。看護師さんは天使なんだから。病気の人に勇気をあげるのよ。だから笑ってよ。がんばって笑ってよ」
　心をえぐられた。涙がこぼれる前にその場を離れた。
　次に会った時もゆみは優しい瞳をしていた。私も笑顔で応えた。私がゆみにしてあげられることはそれだけしかなかった。ベッドの中からゆみの小さな手が伸びてきて、私の頭を優しくなでてくれた。自分がもう長くは生きられないことを知っている7歳の瞳。全てを受け入れ、そして全てを許した優しく力強く儚い瞳。なんて強い子、なんて優しい子。私は自分の笑顔が崩れていくのが分かった。ゆみの痩せたからだをギュッと抱きしめると、顔を見られないように洗面所に駆けこんだ。手首を強く噛む。絶対に声を出してはいけない。誰にも泣き声をきかれてはならない。私は、看護師なのだ。
　スタッフも設備も揃った総合病院。誰もゆみを救うことができない。何のための医学なのか。どうすることもできない自分が苦しかった。

　小児科の子供たち、退院する笑顔がある。芽生える友情もある。注射が怖いと泣く子がいる。食事がおいしくない、家に帰りたいと周囲を困らせる子がいる。それが子供だ。それがあたり前なのだ。だけどゆみは泣かなかった。どんなに注射が痛くても、どんなに夜が暗くてもゆみは泣かなかった。その小さなからだで懸命に戦っていた。迫り来る、運命という敵と。

　運命とは誰が決めるのか。人の命の時間、それを他人が勝手に判断していいはずがない。命を軽んじているのではない。それは分かっている。膨大なデータと研究者、医療スタッフによって現代医学は支えられている。人は死ぬ。そしてデータが残る。次の命に役立てるために。人の命は重い。そしてひとりの人間にできることは限られている。救急車の乗務員、患者の体温を測る、メスを執る、死者を解剖する、薬を調合する。医療器具を作る人、それを現場に届ける人。次の世代に医学を伝える役もある。様々な力によってこの世界は動いている。私など小さな存在。一滴の水、ほんの一雫。それでも看護師は必要だ。私がいちばん欲しいもの、それは子供たちの笑顔。病院だ。苦しいだろう、つらいに決まっている。それでも、だからこそ、私は子供たちの笑顔が見たい。その私が子供たちを不

259

安にさせるような顔をしていていいはずがない。がんばって笑う。ゆみが教えてくれた。ずっと前から分かっていた。それを、ゆみが思い出させてくれた。

「私たちは傷を治すことはできない。だけど、あなたの味方よ」

　その言葉にどれほど勇気づけられたか。どれほど救われたことか。私は小児科の看護師として白衣に袖を通している。子供たちにとっていちばんの味方であらねばならない。

　生命倫理、眠れないほど考えたこともある。考えて考えて自分なりのこたえにたどり着いた。私がやるべきことはそれを考えることではないと。人は死ぬ、何の罪もないのに消えゆく命、たぶん世界中にたくさんあるのだろう。病気や事故、愚かな戦争をしている大人たちもいる。知ろうとは思わない、知ってもどうすることもできない。私にはやるべきことがある。私は、看護師なのだ。

　私は毎日病院に出勤するわけではない。休日には時間をかけて料理をしたり、オートバイを走らせたりする。スピードやスリルを求めるのではなく、交通量の少ない道路をひとりで走るのが好きだった。オートバイに乗るようになったのは兄の影響だった。6つ歳上

の兄、麻雀とハードロックも教わった。私は兄が大好きだ。もしかすると私に恋人ができないのも兄のせいかもしれない。世界は広い。兄と同じくらい優しくて頼もしい男もいるはずだ。そして、私がこんなに甘ったれなのはきっと私自身のせいなのだろう。

　年明けは病院だった。４日と５日だけ実家に帰ることができた。少し遅い正月。兄も私に合わせて休みを取ってくれていた。両親と４人で近くの神社に初詣で。雑煮を食べ家族麻雀をやった。鈴木家の年中行事、家族麻雀で私を勝たせることが我家の恒例だった。父も兄も今だにお年玉をくれる。麻雀で勝った賞品というのが名目だった。お年玉を貰うのは気恥ずかしいけど家族の気持ちがうれしかった。私は少しだけ病院から離れ、家族にぬくもりを分けてもらった。あれからもう半年、私は慌ただしい日常に身を置いていた。

　ゆみの時間がなくなっていく、それはどうしようもない現実だった。６月に入るとゆみはベッドから動けなくなった。シーツ交換の時抱きあげると信じられないほど軽かった。ゆみは食事を摂ることができなくなっていた。痩せこけた頬、抜け落ちた髪。ゆみの優しい瞳、日に日に力を失っていく。やわらかいタオルでからだを拭き、点滴をチェックして抜け落ちた髪を集

める。私にできるのはそれくらいだった。そんなこと
しかできない自分が苦しかった。ゆみはもっともっと
苦しんでいる。それを救ってあげられない自分がどう
しようもなく苦しかった。
「ヨーコさんはどうして看護師さんになったの？」
　ゆみの瞳、まっすぐ私を見つめてくる。
「中学生の時、1ヶ月入院したの。毎日看護師さんを
見てたわ。勇気をいっぱい貰った。そして私も看護師
になりたいと思ったの」
「どうすればなれるの？」
　力強い瞳、7歳なのに、強い瞳。
「元気になって勉強もしなくちゃいけないわ。でもそ
れより大事なのは前を向くこと。目標を持ったら前に
進むのよ。ゆみちゃんは看護師になりたいの？」
「うん。私もね、ヨーコさんみたいなステキな看護師
さんになりたいの」
　力強い瞳、まっすぐ私を見てくる。運命などと考え
た自分が情けなかった。7歳なのに大きい。強い。私
なんかよりずっと。私はゆみの頬に手をあてた。痩せ
て、肌は艶をなくし、髪も歯もボロボロで、それでも
あたたかなからだと心。また教えられた。いつもゆみ
に教えられてきた。ずっと昔、自分が入院していた時

毎日看護師を見ていた。動けなくて、何をすべきか分からなくて、そんな私が目標を持つことで強くなれた。看護師になった。今私も見られている。ゆみが私をまっすぐ見てくれている。ゆみの瞳、優しく私を包みこむあたたかな光だった。

　病院から歩いて10分足らずのアパート、1棟丸ごと病院が借切っている物件で家賃は相場の半分、入居希望者は多いが抽選であたったのは幸運だった。日勤、準夜勤、夜勤。3交替制での勤務。日勤の昼は病院食が多いけど準夜勤の時は弁当を作っていく。スタミナがつく物と野菜をたっぷり使う。看護師にとっては食べることも仕事の一部だ。不規則な勤務、それでも私は肌荒れに悩むことはなかった。たぶん遺伝的なこともあるのだろう。月に一度はお米と野菜を送ってきてくれる。両親に感謝してることはいくらでもあった。外食はあまりしない。コンビニの弁当も買わない。なるべく自分で作るようにした。料理のレパートリーも増えた。ゆみは食事を摂ることができないのに私は毎日たくさん食べる。それも、どうしようもないことだった。

　小学校からは毎日折り鶴が届く。ゆみのベッドの周りは折り鶴で囲まれていた。千羽鶴というがとても数

えられる量ではない。私も折った。少しでも空いた時間があれば鶴を折った。あとひとつ、もうひとつ折れば願いが叶う。そう信じて鶴を折った。みんなの願いが折りこめられた鶴、叶わぬはずがない。

　ゆみの8歳の誕生日が近づいていた。私はゆみの好きなクマのぬいぐるみを用意していた。他の子供にプレゼントをしたことはなかった。何も問題はない。誰に何を言われようが構わない。私が自分で決めたことだ。

「ゆみちゃんはどんなケーキが好きなの？」

　やわらかいタオルでからだを拭きながら語りかけた。

「全部好きだけど、一番はチョコレートのケーキよね」

　私の問いにこたえてくれたのは母親だった。ゆみにはもう意識がなくなっていた。開かない口、動かない表情。あの優しい瞳を見ることはもうできないのか。ゆみの、閉じた瞼が少し動いた気がした。母親と父親が覗きこんでいる。私も手を止めた。開くことのない瞼に小さな水滴が滲み出てきた。初めて見る、ゆみの涙。こぼれる前に母親が口を近づけて吸いとった。ゆみの手を握っている父親は口から血を流している。くちびるを噛み切ったのか。ゆっくりとゆみに頬を近づける。

「ごめんな、ゆみ。今日パパ髭剃ってないんだ。チク
チクしてごめんな」

　震える声で語りかけている。私にできることは、何
も、なかった。

　父親が詰所に駆けこんできたのは午後10時を回った
頃だった。

「内線お願いします」

　先輩看護師に宿直医への連絡を頼み、ゆみの病室に
走った。早く、早く、もっと速く。一瞬だけでもいい、
私は天使になりたかった。翼が、欲しかった。

　宿直医師は自分の仕事を終えると、最後に腕時計の
時刻を読みあげ、一礼して病室を出ていった。両親は
私の手を握り、何度も頭を下げている。

「ありがとうございました。お世話になりました」

　私は何も言うことができなかった。くやしかった。
何もしてあげられなかった自分がくやしかった。

　母親はゆみの寝巻きを脱がしている。ゆみがいちば
ん気に入っていたクマの絵のパジャマを着せるのだろ
う。私は廊下に出てストレッチャーを準備した。

「鈴木さん」

　病棟の入口側にある公衆電話を使っていた父親に呼び留められた。

「あなたに抱いていってほしいです。お願いします」

　遠慮がちに言う。母親も頭を下げている。私はストレッチャーから手を離した。

　エレベーターは使わずに階段を降りた。一歩一歩ゆっくり下った。腕の中のゆみは軽かった。翔んでいってしまいそうなほど軽かった。地下２階の部屋の扉を父親が開ける。つめたい空気と染みついた線香の匂い。ゆみを母親の腕の中に返す。それが私とゆみとの別れだった。

　申し送りを済ませ私の勤務は終わった。ロッカールームで白衣を脱いだ。今夜はずっとゆみといっしょにいたい。でも両親の邪魔をすることはできない。私の勤務は終わったのだともう一度自分に言いきかせた。

　夜間出入口から外へ出る。暗い。まっすぐアパートに向かう。どこにも寄るところはなかった。つめたい。雨が降ってることに気づいた。ロッカーに戻れば置き傘がある。傘なんか、いらない。雨に濡れるくらいどうということはない。私はゆっくり歩いた。急ぐ理由

はなかった。私を待っているのは３日間の休みだけだった。

　雨が降っていた。雨音をきいていた。何も考えたくなかった。何も、想いたくなかった。だからただ雨音をきいていた。降り続く、雨の音を。

　最初の日は何を食べたのか憶えていない。きっと何も食べなかったのだろう。

　２日目、ご飯を炊きみそ汁を作った。母が送ってくれたダンボール箱の中にはじゃがいも、にんじん、たまねぎがたくさんあったけど煮物を作る気にはなれなかった。冷凍室のコロッケを３つ揚げた。キャベツを千切りにした。漬物はたくさん買ってあった。味なんかどうでもよかった。ただ口に押しこんだだけだ。食器を洗い、部屋の片付けをしようと思った。大きなクマのぬいぐるみをクローゼットにしまいこんだ。それだけしかできなかった。あとはただ雨音をきいていた。昨日のそれと同じだったかは分からない雨の音を。

　３日目、まだ雨が降っている。このまま永遠に降り続くのかもしれない。

　雨が街の色を変える。家々の瓦がいつもより鮮やかに見える。雨が汚れを洗い流したのか。きっと花や草

木も喜んでいるだろう。私は思い立って服を脱いだ。熱いシャワーを浴びる。心まで洗い流すことはできない。それは分かっている。それでも今の私には熱いシャワーが必要だった。洗面台の前に立ち、ドライヤーで髪を乾かした。長くも短くもない黒髪。いつもならすぐ乾くのにこの日は乾く前にドライヤーのコンセントを抜いた。いつまでも鏡の前に立っているのが嫌だった。鏡に映る情けない自分の顔を見たくなかった。

　窓枠にもたれて雨を見ていた。澄んではいない。濁ってもいない。雨に色なんてない。雨はただの雨。どしゃ降りではない。優しい雨とも違う。ただ終わりのない雨。この雨はどこから来てどこへ流れていくのだろう。空からこぼれ、大地に染みこんでいく。いろいろなものを洗い流し、潤していく雨。私はそんな雨を見ていた。

　なんで３日も休みをとったのだろう、こんな梅雨の時期に。そうか、オートバイに乗って日本海を見に行こうと思ってたんだっけ。雨が多いこの時期は比較的まとまった休みがとりやすい。３日のうち１日でも晴れたら、そう考えて予定を出した。なぜ日本海なのか。きっと先月予定を出した時はそんな気分だったのだろう。250ccのグリーンのカワサキは駐車場でシートを

被せてある。兄のおさがりだ。３年前の家族麻雀での賞品だった。私の成人記念なのか誕生日祝いのつもりだったか、とにかく今までで一番大きなプレゼントだった。兄がくれたオートバイ、私の宝物。雨の日は乗らない。事故が怖い。私は怪我をするわけにはいかない。病院には私を必要としてくれる子供たちがいる。そう、私は看護師だ。いつまでもこんな顔をしてはいられない。取り戻さなければならないものがある。夕方、傘をさして街へ出た。

　行くあてはなかった。やりたいこともなかった。ただ雨の中を歩き続けた。

　幾日太陽を見てないのだろう。幾日、星空を眺めてないのだろう。きっと雨のせいだ。私は幾日笑ってないのだろう。これも雨のせいなのか。

　傘というのはありがたい。情けなく弱った顔を隠すことができた。ずいぶん歩いた。いつもは病院とアパートの往復の中でスーパーやコンビニに立ち寄るくらいで、服などを買う時はバスに乗り駅前のデパートに行く。オートバイに乗る時は運転に集中するので景色を気にすることはない。実は私はこの街をよく知らなかった。すっかり暗くなってしまった。ここはどこだろう。大通りからずいぶん外れてしまったようだけど

近くにバス停とかあるのかしら。繁華街というところなのか、お酒を飲む店が並んでいる。雨の中、人通りはそれほど多くない。ネオンが雨で滲んでいる。それはまるで光が泣いているかのようだった。おやっ、何だろう。甘い香り。素敵なパン屋があった。白いエプロン姿の女性がブラインドを降ろしている。ちょうど閉店のようだ。２階を見あげると、麻雀クラブという字が見えた。私にとって麻雀とは家族麻雀だけだ。ひとりで知らない麻雀荘になんか入れるはずがない。いや、行ってみよう。ひとりで知らない麻雀荘に入るくらい、たいしたことじゃない。

　ゆっくり階段をあがった。看板に「ブルームーン」と書いてある。いつかフラワーアレンジメントの教室に通いたい、そう思って花図鑑を買ってある。ブルームーン。私は傘を閉じて傘置きに立てると、その薔薇の名の麻雀荘の扉を開けた。

「いらっしゃい、どうぞ」

　赤いベストを着たおじさんが笑顔で迎えてくれた。カウンターの後ろにはウィスキーボトルがびっしり並んでいる。

「まだ降ってるんですね」

　おじさんがタオルを貸してくれた。だいぶ濡れてし

まったようだ。傘を使っていたのに髪が濡れている。頬も濡れている。服も、そして心まで濡れている。心には傘もタオルも使えない。光を感じた。あたたかな、光。奥の麻雀卓、眼が合った。きれいな女(ひと)。その笑顔に誘われた。おじさんにタオルを返し、ゆっくり近づく。

「鈴木洋子です」

　初対面のあいさつをした。

「黒木小百合です」

　立ちあがった女の人が椅子を引いてくれたので礼を言って腰をかけた。大きな男の人がまっすぐ私を見つめてくる。

「どこかで会っているよな？」

「どこで会ったのよ、ドクター？」

　黒木小百合のあたたかな笑い声。ドクター？

「お医者様ですか？」

「俺は金井秀樹。市大病院に勤務してるんだが……」

　真剣に記憶を手繰っているようだ。私は考えるまでもなかった。こんなに大きい医者を見るのは初めてだ。もうひとり、サングラスの男の人は口を開かない。雨の麻雀荘にひとりで濡れながら訪れた女を気にするようでもなく、ただそこにいるだけだ。初めて見る自動

卓。実家で家族麻雀でやる時は炬燵の上板を裏返して使っていた。大きい男が点棒を他のふたりに分け始めた。立ちあがった黒木小百合が隣りの卓からひと抱えの麻雀牌を持ってきた。

「あの……」

「気にしないで。ちょうど3人麻雀が終わったところなの」

　3人麻雀はワンズの二から八を抜く。兄にそう教えてもらったことがある。ドクターが牌を5枚裏返し、私に勧めてくれた。場所決めというやつだ。私は東を引いた。サングラスの男が南、ドクターが西、黒木小百合が北。結局座っていた通りの席だった。3人が麻雀牌を卓の中に落とし始めたので私も真似た。初めての自動卓。ドクターが卓のボタンを押した。すごい！　牌が全部並んであがってきた。これは便利だ。私は牌を積むのが苦手でよく山を崩した。そのたび兄は豪快に笑ってくれた。ドクターがサイコロのボタンを教えてくれた。それを押すと中央の透明なケースの中でふたつのサイコロが回った。3と4。ドクターが回し、私が起家になった。もう一度サイコロを回し配牌をとった。

雨が降っている。湿っぽい配牌だ。九萬を捨てる。

「リーチ」

　北家の黒木小百合がダブルリーチをかけた。東を
曲げている。

「ポン」

　私はその東を拾い、南を捨てた。ひとつまずいこと
に気がついた。レートを確認していない。私の財布に
１万円札は１枚だけ。あとは千円札と硬貨だ。家族麻
雀では勝てば何かを貰えたけど、負けても失うことは
なかった。いや、負けたことはなかった。兄はいつも
私の上家に座り、私が欲しい牌を狙って出してくれた。
みんなで私を勝たせてくれた。私は勝ちたいわけでは
なく、家族の気持ちに甘えるのが好きだった。もしこ
の麻雀で負けて払うお金が足らなかったらどうなるの
だろう。たいしたことじゃない。初めての麻雀荘で知
らない人たちと麻雀を打つ。負けて払うお金がない。
そんなこと、本当にたいしたことじゃないんだから！
私は何をやっているのだろう。失くしたものを取り戻
そうと思った。歩いた。行くあてはなかった。雨に濡
れた。迷子になった。たどり着いた薔薇の名の麻雀荘

で黒木小百合、ドクター、サングラスの男と卓を囲んだ。なぜこの店に入ったのだろう。甘い香りに誘われ、ブルームーンという名が気になったのか。とにかく自分の足でここに入った。自分で何とかしなくちゃいけない。負けた時の心配をするのではなく、勝つことを考えよう。勝ったお金で夕ご飯を食べる。いい土産話になりそうだ。兄はきっと豪快に笑ってくれる。そうか、今年の夏休みは実家に帰らないつもりだった。次に帰るのは年末か正月。天気が良ければオートバイで帰ろう。半年も先のこと、ずっとずっと先のこと。私には未来がある。夕ご飯のことも考える。だけど、ゆみには、もう何もない。

「テンパイ」

　黒木小百合の声がきこえた。もう流局したのか。何をツモって何を捨てたのか。私の手牌はバラバラだった。ドクターとサングラスの男は手を伏せている。私も牌を伏せ、黒木小百合に1000点棒を渡した。

「雨が降ってるわ」

「ああ、降ってるな」

　黒木小百合が煙草に火をつけ、ドクターはウィスキーグラスを口に運んだ。サングラスの男は煙草もウィスキーも飲まない。不思議な雰囲気を持った男、病院

には絶対来そうもなさそうな感じだ。私が来るまで３人麻雀をやっていたというこの３人はどんな関係なのだろう。年格好はそれぞれ違うけどともだちかしら。３人の共通点をみつけた。黒木小百合もドクターも優しくて寂しげな瞳をしている。サングラスの奥の瞳、見えはしないけどなんとなく分かる。なぜなの？　ともだちといっしょにいても寂しいのか。白い煙の向こう、黒木小百合の横顔ははっとするほど美しく、毀れそうなほどつめたくあたたかい。こんなにきれいな女にも止まない雨はあるのだろうか。サングラスの男は煙草もウィスキーも飲まない。サイコロも回そうとしない。何かを待っているような感じだ。

「いらっしゃいませ」

　さわやかな声がきこえた。エプロン姿の女性がおしぼりと氷水のグラスを私のサイドテーブルに置いてくれた。そしてカップにティーポットの紅茶を注いでいる。いい香り。あれっ、この女、下のパン屋のブラインドを閉めてた女だ。パン屋と麻雀荘を掛け持ちする、そんな仕事もあるんだ。なんか楽しそう。だって、この女はきらきらと輝いている。他の３人にも紅茶が配られた。一度カウンターに戻った女性店員がバスケットを持って歩いてくる。甘い香りが近づいてきた。

「どうぞ」

　バスケットの中にはクロワッサンが入っている。黒木小百合が手を伸ばしたので私は慌てておしぼりを使った。すごい。焼き立てのクロワッサンなんて初めてだ。ドクターがふたつ取るのを見て私もそうした。黒木小百合は両の手に３つのせ、うれしそうに見つめている。なんて楽しそう！　まるで宝物を見つめる少女の瞳だ。私は右手に持ったクロワッサンを口に入れた。おいしい！　外はサクッとして中はもちもちしている。ふわっとしたバターの香りもたまらない。パン屋というのは憧れの仕事だ。売れ残ったパンを土産に持って帰り、家族と食べる。考えただけで楽しそう。だけどこのクロワッサンは焼き立てだ。売れ残りではない。私は毎朝炊飯器でご飯を炊く。私にとってパンは大切なおやつだ。看護師は体力仕事、いつでも栄養補給できるようにコンビニか病院内の売店でパンを買って詰所に置いておく。私は毎日パンを食べている。だけど知らなかった。こんなにおいしいパンがあるなんて。カチリ、と音がして白い煙が流れてきた。黒木小百合の新しい煙草。手に持っていた３つのクロワッサンは消えていた。もう食べてしまったのかしら。病院ではゆっくり食事をすることはない。いつ急な仕事が入る

か分からないからだ。とにかく早く食べる、そんな習慣が身についているのだけれどこの女(ひと)は私より全然早い。私はサイドテーブルのティーカップを手に取った。紅茶の香り、もちろん悪くないのだけど私はやっぱりパンの匂いのほうがいい。黒木小百合の煙草の煙もまだパンの匂いに負けている。

「俺は毎週金曜日はここに来るんだがいつも雨が降ってる」

ドクターが喋り始めた。私に、ではない。誰を相手にというわけでもなく、ただ語り始めた。

「この店は雨が降ると客が入らない。下のパン屋はいつも賑わっているんだが」

店内を見回す。私たちの他にはカウンターに背中がふたつ見えるだけだ。

「まあここは客のいないのが雰囲気だね。パンの分け前も多い」

ドクターと呼ばれるこの男、まるでプロレスラーのように大きい。

「あの、金井先生は、その……」

私は何をきこうとしているのだろう。自分でも分からなかった。

「俺は今月で44歳になったよ。ずっと医者をやってき

た。女房、娘の待つマンションに帰りたくないわけじゃない。金曜の夜はウィスキーと麻雀、そう決めているのさ」

　優しく、愛に満ちた穏やかな笑顔。この男（ひと）にも失くしてしまったものがある。守れなかった大切な何かがある。どうしようもなくそれが分かった。流れてくる、白い煙。黒木小百合の横顔はせつなくなるほど寂しげだった。瞳（め）を閉じている。光を失ったその美しい横顔は孤独で静かで誇り高く、苦しくなるほど哀しげだ。私はそんな彼女に声をかけることができなかった。

「あの、金井先生はなぜ医学の道を選ばれたのですか？」

「自分を守りたかった」

「ご自身を、ですか？」

「そうさ」

　ドクターの顔に翳（かげ）がよぎった。きくべきではないことをきいてしまった。この男（ひと）には守りたいものがたくさんある。守りたかった命がたくさんある。守れなかったことを苦しんでいる。こんなに大きいからだで踠（もが）き、苦しみ、涙も、叫ぶのも怺（こら）えてたくましく優しく笑うことができる。強い人。男だから、なのか。私はどうなのだろう。私にだって大切なものはいっぱいあ

る。子供たちの笑顔を守りたい。ともだちといる時間、家族を想うこと、料理をすることやパンを食べる時間も大切だ。全部、自分のため。それが人。それが私なのか。ゆみはもうパンを食べることができないのに私だけパンを食べる。それが生きるということなのか。あたり前なのかもしれない。だけど、だけど……。ジャラジャラと音がきこえてきた。3人が牌を落としている。ありがたい。誰も私の顔なんか見ていない。そんなことがうれしかった。

雨が降っている。やっぱり湿っぽい配牌だ。最初のツモ、🀇。全然だめだ。そうだ、么九牌が7枚あったら国士を狙え。兄が冗談のように言っていたことがある。私はまだ役満をあがったことがない。初めての麻雀荘で初役満をあがれたらすごいかもしれない。🀇ツモ切り。切ってから気づいた。🀇はドラだった。どうせ役満にドラは必要ない。🀈、🀡、🀋、🀌。なかなか集まらない。やっぱり役満は難しい。運とか気持ちとかいろいろ必要なものがあるのだろう。まだ東2局だけどここまででポンやチーが一度もない。4人が無言で麻雀を打っている。家族でやる時は会話が絶

えない。話すだけなら電話でもできるが電話では伝わらないものもある。鈴木家の麻雀は言葉と笑顔に満ちている。静かな麻雀、これも初体験だ。今気づいた。店内にはクラシック音楽が流れている。私も落ち着いたのか周りが見えるようになった。カウンターには背中がふたつ。恋人同士なのだろうか、静かにグラスを傾けている。赤いベストのおじさんはふたりから離れたところでグラスを磨いている。カウンターの一番奥の席、ウィスキーグラスに薔薇が1本挿してある。気品高く、寂しげなブルームーン。薔薇には愛が似合う。人の想いがいっぱい沁みついたブルームーン。誰を待つ薔薇なのだろう。

　病院にはいろいろな花が集まる。子供に花の名をきかれ困ったことがあった。だから私は花を知りたい。見舞い客は花を持ってくるけど入院患者が花瓶を用意していることはない。だから詰所には花器が置いてある。貰った花を病室に飾らず詰所に持ってくる人もいる。アレルギー体質の人も、そうでない人も。詰所は病棟の一番入口側にあり人通りが多い。そこに飾ればたくさんの人たちの目に触れることになる。花の命は短い。美しく、そして短い。病室の片隅で息子だけのために咲くのではなくなるべく多くの人に見てもらう、

花にとってそのほうが幸せだろう。そう言った父親が
いた。小児科だ。わんぱく盛りの男の子が花に興味が
ないこともあるだろう。いろいろな理由で詰所に集ま
る花たち。ただ花瓶に飾るだけでなくもっと花を知り
たい。だから私はフラワーアレンジメントの教室に通
いたい。病院でブルームーンを見たことはない。実物
を見るのは初めてだ。図鑑でしか知らなかった淡い色
の薔薇。気に入った。ブルームーンも、その名が冠せ
られた静かなこの店も。パンと薔薇の香りが染みつい
た麻雀荘、もっと笑いながら麻雀を打てたら楽しいの
に。私は笑えるのか。ゆみが死んだ。これから先いっ
ぱい楽しいことが待ってたはずなのにたった7歳で死
んでしまった。なのに、私だけが楽しんでいいのか。
苦しくなってきた。麻雀牌なんか見たくなかった。寂
しい薔薇なんて見たくなかった。私は、心が折れそう
だった。
「ノーテン」
　女の人の声がきこえた。他のふたりも牌を伏せてい
る。何をどう打ったのか、私の手牌はバラバラだった。
「ノーテン」
　牌を伏せた。私は会ったばかりの人たちと麻雀をや
っている。だけど、これは本当に麻雀なのだろうか。

「悲しい日には雨が降る。なぜだか知ってるかい？」
　静かで深い声。サングラスの男が初めて口を開いた。
「空の上で100万人の天使が泣いてるんだよ。この雨は、
天使の涙さ」
　誰かをいたわるような声の響きだった。私は天使に
なりたかった。だけど、なれなかった。ただの看護師
だ。新米で甘ったれでどうしようもないけど、それで
も看護師なのだ。いつまでもこんな顔をしているわけ
にはいかない。取り戻さなければならないものがある。
黒木小百合は煙草に火をつけない。ドクターはウィス
キーグラスを手に取らず、ただ静かにサイコロを回し
た。

　雨音がきこえた気がした。激しい雨ではない。優し
い雨とも違う。ただの、雨音。
「この雨はいつまで続くんだい？」
　誰かの声がきこえた。たぶんドクターの声。
「さあね」
「だが黒川、止まない雨なんてないんだろう？」
「どうかな」
　表情を変えずに喋るこのサングラスの男は黒川とい
うのか。

「雨は嫌いじゃないんだろう、ドクター」

「まあな、米や野菜が食えるのは雨のおかげなんだぜ」

　ドクターと呼ばれるこの男、からだも大きいが心はもっと大きいような気がする。

「俺は図体がでかいんで肉食だと思われがちだがね、実は野菜が一番の好物なんだよ。象や昔の恐竜も葉っぱ食ってあんなにでかくなったんだぜ」

　ドクターが豪快に笑う。それには見憶えがある。記憶を手操る必要もなかった。そう、この男（ひと）は私の兄に似ているのか。だから最初から好きだったんだ。自分のために医者になったと言っていた。やっぱり違う。この人には守りたいものがたくさんある。私のために私を笑わそうとしてくれている。私はそれに応えなければいけないのに。初対面の女が笑わない、そんな小さなことにも心を痛めている。ドクターか、ぴったりの呼び名だ。大きくてあたたかくて、今は勤務中じゃないのに、ここは病院でもないのにドクターはドクターで……。こんなに優しい本物の医者がいるのに人は死ぬ。たとえ7歳の子供でも死ぬ時は死ぬ。この男（ひと）はずっとずっと看てきたんだ。だから優しくて強い。雨音が、きこえた。

「ショパンのピアノか」

ピアノなのか、これは。まるで雨音のように沁み入ってくる。

「クラシックとジャズ、あの男はどっちが好きなんだろうな」

「静寂が似合う男だ」

「あの男とはどんな付き合いをしてきたんだい？」

　サングラスの男はこたえない。表情も変わらない。静かに牌をツモり、河に流しただけだ。

「喋りたくないことは喋らない。そんな生きかたが時々羨ましくなるよ」

　ドクターの声はまるで大粒の雨のようだった。この男は自分の感情を隠すことを知らない。初対面の女と向き合っていてもありのままの自分でしかいられない。もうひとりの男、サングラスでその表情を隠しているわけではない。人間だ。感情はあるだろう。忘れてしまっただけだ。苦しみとか怒り、悲しみなんて忘れられるものなのか。それでも、忘れてしまった。こんな男もいるんだ。不思議な人、私とは住んでる世界が違うようだ。こんな人が薔薇の名の麻雀荘で煙草もお酒も飲まず静かに牌を握る。私の世界が少し広がった。この男は自由なのか。喋りたくないことは喋らない、それは自由に生きているということなのか。分からな

い。私にはこの男が視えない。だけど黒木小百合のことは少し視えるような気がする。彼女は自由に生きている。規則とか常識や時間、何者にも支配されず心の翼で自由に翔びまわっている。心の翼、彼女は天使なのか。地上の天使も涙を流すのだろうか。その涙も雨となり、どこかに染みこんでいくのか。地上の天使、彼女は自由で誰にも支配されず、誰からも守られることを必要としていない。それでもドクターは彼女を守ろうとしている。だけど違う。それはドクターの役目じゃない。会ったばかりだし、私には全然関係のないことなのにはっきり視えてしまう。黒木小百合とサングラスの男。第一印象はともだちだと思った。私が来てからまだ一度も会話していない。視線すら、合わせていない。それでもともだちなのだ。恋人同士ではない。近くて遠いふたり。なぜなの？　すぐそばにいるのに。心だってすぐ近くにあるのに遠いふたり。誰にだって心はある。それが人間、それが生きるということ。ゆみはからだも心も失くしてしまった。いつも教えてもらった。あんなに優しかったのに、私みたいな看護師になりたいと言ってくれたのに……。ゆみの存在が消えてしまった。私は自分の意志で看護師になった。覚悟はしていた。しているつもりだった。だけど、

重い。重すぎる。私は押し潰されそうだった。

「リーチ」

　ずいぶん遠くから声がきこえてきた。黒木小百合が
牌を曲げている。思い出した。私たちは卓を囲んでい
たんだ。黒木小百合は麻雀を打っている。麻雀で、私
の相手をしてくれている。私はそれに応えなければい
けない。12巡目、中を引いてきた。

🀙🀛🀠🀇🀈🀉🀌🀫🀫🀫🀫🀫🀫中中　中

🀙と🀠、それに🀇が安全牌だが私にとって必要な
牌だから切らない。黒木小百合の捨牌はふつうだ。特
に気になることはない。ピンフだとすれば字牌は安全
だ。中が通れば3巡しのげるが中も必要牌。🀊、私
は🀊を捨てた。黒木小百合がリーチをかけている。
それがなんだというのだ。もしかすると役満で3万2
千円かもしれない。32万円なのかもしれない。だとし
ても、どうということはない。

🀙🀛🀠🀇🀈🀉🀌🀫🀫🀫🀫中中中

　こんな形が私の理想だ。そのためにはたとえ危険牌
だろうがいらなければ捨てる。そんなこと、全然たい
したことじゃない。今、たとえ私が負けたとしても失

うのはお金だけだ。7歳のゆみは全部失くしてしまっ
た。夢も未来も思い出も、からだも心もぬくもりも全
部失くしてしまった。あんなに優しかったのに、あん
なにかわいかったのに、あんなに強かったのに死んで
しまった。誰にも、誰にも負けてないのに。崩れそう
になった。足に力を込める。それでも崩れそうだった。
ジーンズの足に爪を立てる。私は看護師だ。爪はいつ
も短くしてある。それでも痛みを感じた。そうか、3
日手入れしてないんだ。私は看護師なのに爪が伸びて
いる。看護師なのに……。甘い、薔薇の香り。カウン
ターのブルームーンではなく、黒木小百合の吐息が薔
薇だった。高貴で寂しげで美しい薔薇。サングラスの
男は薔薇の気持ちを知っているのだろうか。薔薇の想
いに気づいてないのか。孤独で自由で誇り高き薔薇。
彼女は自分の気持ちを知っている。どうして伝えない
のだろう、すぐ近くにいるのに。どうして飛び込まな
いのだろう、せつないほど近くにいるのに。なぜためら
うの？　何を恐がっているの？　あなたは自由なの
に。太陽のようにあたたかく、そして全てを凍りつか
すつめたい薔薇。なぜあなたは笑わないの？　きっと
笑顔が一番素敵なのに。私のせいなの？　私が笑わな
いからあなたも笑わないの？　雨音が、きこえる。激

しい雨ではない。優しい雨とも違う。ただ悲しみのピアノ。それも私のせいなのか。楽しい時にきけばピアノも笑い声にきこえるのか。寂しいブルームーンも違う色に見えたりするのか。楽しい時っていつ？　その時は私も笑うのか。笑うってどうすればいいの？　どうやれば笑顔を作れるの？　顔に力を入れればいいのか。口を動かせばいいのか。分からない。思い出せない。私は、何をどこに置いてきてしまったのだろう。
「終わったよ」

　誰かの声がきこえた。たぶん、ドクター。サングラスの男とドクターは手を伏せている。

　何をどう切ったのか、私はテンパイしていた。理想とは違うけど高目をツモれば満貫の手。静かに開く。
「テンパイです」

　初めてのテンパイ。上家の黒木小百合がゆっくり手を倒す。それは、中単騎だった。

「どうしてそんなリーチをかけるの？」
「天使から、あがりたかったの」

　砂漠より、暗闇よりもっと寂しい声。中が私のところにあると分かっていたのか。
「私は天使なんかじゃないわ。ただの、看護師よ」
　天使になりたかった。だけど、なれなかった。何もしてあげられなかった。笑顔も見せてあげられなかった。
「あなたの背に翼が見えるわ。あなたは、天使なのよ」
　黒木小百合の瞳、まっすぐ私を見つめてくる。見たことのある瞳。忘れるはずもない。全てを受け入れ、全てを許した瞳。ゆみと同じ瞳。
「翼が欲しかった。だけど、私は……」
　天使になれなかった。
「あなたは天使よ。あなたが天国へ連れていってあげるの」
「ちがう！　私が連れていったのは、地下の、窓のない、つめたい部屋よ！」
　叫んだ。もう止まらなかった。叫びも、涙も。今まで怺えていたものが爆発した。崩れた。私の中の何かが崩れた。耳をふさいだ。何もききたくなかった。ショパンのピアノも、悲しい雨音も、自分の泣き声もききたくなかった。心を閉じた。もう誰の顔も見たくなかった。麻雀牌も寂しい薔薇も見たくなかった。過去

も未来も今ここにある現実も何も見たくなかった。何
も欲しくない。全部毀れてしまえばいい。全部粉々に
なってしまえばいい。全部消えてしまえばいい。この
涙も叫びも全部果てればいい。そう、願った。

　ゆるやかな時間が流れていた。それを邪魔するもの
は何もない。悲しいピアノも、薔薇の香りもなかった。
ただ時間だけがゆっくり静かに流れている。頬の下に
固い感触、私は麻雀卓に突っ伏していた。どれくらい
泣いていたのだろう。ゆっくり顔をあげる。黒木小百
合の姿はなかった。サングラスの男(ひと)もいない。ドクタ
ーが黙ったままハンカチを差し出してきた。私もハン
カチは持っているけどドクターの気持ちを受け取った。
ドクターが笑い出す。
「ほっぺたに牌の字がついちまった。西だ。まるで
小さなカバンを貼りつけたみたいになってるぜ」
　頬に手を伸ばす。麻雀牌の跡なんて顔につくのだろ
うか。西という字は確かにカバンに似ている。目を赤
く腫らした女が頬に小さなカバンをつけている。それ
は、おかしい。

「しばらく外に出ないほうがいいな。腹が減っただろう。今、マスターが何か作ってくれている。マスターの料理はうまいんだぜ、ほっぺたが落ちるくらいにな。いや、ほっぺたは落ちない。落ちるのはカバンだけだ。そのうち、雨もあがるさ」

　プロレスラーのように大きな男が私をなんとか笑わせようとしてくれている。うれしかった。店内を見回す。カウンターの中に赤いベストのおじさんがいるだけで、並んでいたふたつの背中は消えていた。思いきり泣いた。麻雀だけでなく、店の営業も台無しにしてしまったようだ。麻雀卓に私の涙が染みついている。サイドテーブルのおしぼりを手に取った。涙を拭こうとして、やめた。きっと時間が経てば消えるだろう。たいしたことじゃない。頬についた麻雀牌の跡はおじさんの料理を食べている内に消えてしまうはずだ。染みついた、涙も。だけど私は決して忘れない。頬についた小さなカバンも、麻雀卓に染みついた涙も。

　悲しみや痛みを知らない人間はいないだろう。お酒を飲んだり、他の何かに熱中して気持ちを遠ざけようとする人がいる。忘れたふりをする。振り返らない、ただ前だけ見て歩く人もいる。男にも女にもそれぞれの居場所や逃げ場所がある。そして時が経てば悲しみ

や痛みも薄れていくのか。どんなに苦しいことも昔話になってしまうのか。時間というのは優しく、そして残酷だ。私は看護師、明日は病院に行って白衣に袖を通す。自分の足で病院の門をくぐらなくてはならない。ゆみのベッドにゆみはいない。私の知らない患者が入っているかも知れない。私がその子にしてあげられること、笑顔を見せてあげる。勇気を、分けてあげる。それが私のやるべきことだから。絶対に守らねばならない大切な約束なのだから。私は職業としてではなく、看護師という生きかたを選んだ。自分の足でしっかり立たねばならない。私は看護師であり続ける。たとえ、翼はなくても。おやっ、いい匂いがしてきた。この匂い……みそ煮こみうどん！　私の大好物だ。赤いベストのおじさんと眼が合った。にっこりしてくれた。あたたかな笑顔。ドクターは自分の頬に麻雀牌を押しあてている。

　ありがとう。

　私はすこしだけ、元気になりました。

天使とギャンブラー
～ LOVE ME IN BLACK

CAST　黒木小百合
　　　　鈴木洋子
　　　　金井
　　　　黒川

太陽が沈むと空は星たちに支配される。満天の星、あの頃と同じように星たちはあたたかく、そしてつめたい。星たちが消えるとまた新しい朝が生まれる。流される。総てが流される。戻れない。誰も、過去に戻ることはできない。

　時は流れる。時間は止まらない。明るい日差しの中を歩いても、暗闇の中で眠っていても同じように流れる。時間というのは優しくて、そして残酷だ。総てを過去にしてしまう。人を殺したことさえも。血を見ずに人を殺したことがある。1年以上前のことだ。あの夜、あの時から私は黒川という男の背を追い続けてきた。黒川の、疵だらけの背中を。最初に連れていかれたのは尾崎自動車だった。朝日の中から現われ夕日に沈んでいった青の男との再会。その男はあたり前のように私に笑顔を見せてくれた。住む場所も戸籍も何もない。そんなの誰にも言ったことはない。語る相手もいなかった。黒川と尾崎、不思議な男たちだ。アパートを用意してくれた。どんな魔法を使ったのか尾崎は私の住民票を作ってくれた。黒木小百合という女はこの世に存在することになった。教習場に通った。本屋で麻雀のルールブックを読んだ。運転免許を取得して、尾崎自動車で中古車を購入した。

　ともだちができた。いっしょに麻雀を打ったり、車を走らせたり、お酒を飲んだり。よく笑った。本当によく笑った。それでも私は闇の中にいた。人を殺し、バッグ一杯のお金を手にした。その血まみれのお金で車を買った。ガソリン代も、お酒を飲むのもパンを食べるのも人を殺したお金だ。私は他人の命で笑っている。闇が深くなった。逃げ出せるわけなかった。そこが、そこだけが私の居場所なのだから。

　３人麻雀は東南西回し、30000点持ちの40000点返し、トビ終了のルールで行なわれる。雨の金曜日、私は金井と黒川と３人麻雀で遊んでいた。この日の金井は爆発的に強かった。３回やったなかで役満をふたつあがった。３連勝、黒川は二度トバされた。

「もう財布が空っぽだ」

　黒川が白旗をあげた。そうはいってもこの男、いつも財布は持っていない。ポケットに突っこんだお札がなくなったということだ。

「雨の日の俺は強い。天使が力を分けてくれるのさ」

　意味が分からない。金井は千円札の皺を伸ばして財布にしまっている。ドクターと呼ばれるこの男、大学病院の講師だという。毎週金曜日、ここブルームーン

に現われる。からだが大きく大酒飲み。雨の日だから強いというのは違う。３人麻雀に強いのだ。前に打った時も相当やられたような気がする。そして黒川は３人麻雀に弱い。私は毎週土曜日の早朝に橘広海と峠で車を走らせる。その後黒川の店で朝食、麻雀というのが習慣になっている。広海とふたり麻雀の時もあるし黒川を入れて３人で打つ時もある。私と広海は勝ったり負けたりで、黒川がラスを引くことが多い。

「朝は俺の時間じゃない」

　それが黒川の言い分だった。女ふたりが相手で適当に打っているのかと思ったがそれも違うようだ。３人麻雀の場合ワンズの二から八を抜いて一と九をドラにする。早あがりと高得点というのが大きな相違点だ。そのあたりが金井には都合がよく黒川には合っていないのだろう。

　まだ８時を回ったばかりだ。子供が眠る時間にも早い。金井のおごりで焼鳥を食べに行くことになった。黒川はいつもと同じ無表情だが腹の内はだいたい読める。有り金全部取られておもしろいはずはない。せいぜい焼鳥をたらふく食べてやろうとでも考えているのだろう。もちろん私も同じだ。焼鳥屋にウォッカが置いてあるかは分からない。だけど私はビールも大好き

296

だ。金井の麻雀での勝ち分は全部飲食代に消えてしまうかもしれない。さあ行こうかと腰をあげかけた時、ブルームーンの扉が静かに開いた。

　入ってきたのは疵ついた天使だった。マスターの片桐がタオルを渡している。だいぶ濡れているようだ。それは、雨に濡れたのだろうか。眼が合った。疵ついた瞳。顔を拭いた天使が私たちの卓に近づいてくる。誰も焼鳥を食べ損なったとは思っていない。金井のダイエット話をききながらビールを飲むより楽しいことが始まるわけではない。だけど天使は疵ついていた。どうしようもなく、逃げられなかった。

「鈴木洋子です」

　私の前に立つ天使はジーンズにスニーカーを合わせている。伸びた背筋、後ろで束ねた黒髪がいい感じだ。化粧気のない顔は幼くも見えるがその瞳は力強さを秘めている。それでも、疵ついていた。

「どこかで会っているよな？」

　金井の声は笑っているが、その眼は真剣に何かを探している。傷つき、苦しんで、跪き、それでも逃げ出さない。病院にはこんな瞳をした看護婦がたくさんいるのだろう。そうか、彼女は看護婦なのか。天使と思ったのは間違いではなかった。思い出した。私は一度

だけ病院に行ったことがある。廊下で擦れ違った白い
服の看護婦、彼女もこんな瞳をしていた。人は死ぬ。
分かっているはずだ。看護婦というのは自分で選んだ
ひとつの職業ではないのか。なのに、この瞳。なぜ戦
うのだろう、泣けばいいのに。天使には涙があるのだ
から。逃げたければ逃げればいいのに。天使には、翼
があるのだから。傷ついた天使、彼女は何と戦ってい
るのだろう。金井秀樹、分かりやすい男だ。大学病院
では金曜日に手術が集中するらしい。いつもウィスキ
ーグラスを片手に麻雀を打つがこの男は麻雀を愉しむ
わけではない。ウィスキーに酔うこともない。家族を
愛するこの男、それ故家族に顔を見られたくない夜は
ここで時間を潰す。いつもウィスキーに酔ったふりを
して陽気に麻雀を打つこの男、もう自分のことは忘れ
てしまったようだ。眼の前の天使にどう接したらいい
のか困っている。救いたい、だけど近づけない。大き
なからだでオロオロしている。私はそんなふうにされ
たことはない。少しだけ、天使に嫉妬した。なんて嫌
な私。私は悪魔に魂を売った女。天使に敵うはずもな
いのに。

　天使が戸惑っている。自動卓が分からないようだ。
麻雀のルールは知っているのだろうか。迷いこんだ天

使、この雨の中どこを彷徨っていたのだろう。行きた
い場所があるわけではない。戻り道が分からないでも
ない。６月の雨に濡れながら、失くした何かを探して
いた。何を失くしたかは知っている。それが自分のす
ぐ近くにあることも分かっている。だけど、遠い。そ
れでも取り戻そうと懸命に手を伸ばしている雨夜の天
使。なぜこの店に入ってきたのだろう。ここには人を
殺した女がいる。人を殺した男もいる。血の匂いを嗅
ぎつけたのか。違う、きっとパンの匂いに誘われただ
けだ。私は天使の瞳を気にしないようにした。私は悪
魔に魂を売った女。天使にしてあげられることなど何
もない。

　麻雀が始まる。私は天使と戦うのではない。ただ麻
雀が始まるだけだ。天使が起家になった。私は配牌で
イーシャンテン、最初のツモが ☐ だった。

[麻雀牌: 二筒 四筒 三萬 四萬 五萬 六萬 七萬 （白） （白） （發） 東 ☐ ☐ 　☐]

「リーチ」

　東 を曲げた。ダブルリーチ、それ以外の打ちかた
は考えられない。

「ポン」

　私が捨てた 東 を天使が大事そうに拾いあげた。麻

雀というのは人それぞれ打ちかたが違う。親だから攻める。一発を消す。それも戦術かもしれないが、もし麻雀の打ちかたがひとつしかないとすればほとんどヒントのないダブルリーチに対し2枚の安全牌を確保するのが正解ではないだろうか。まだ始まったばかりなのだから。彼女は戦いかたを知らない。天使だからか。それでも戦おうとしている。九萬、南、⦿、北、七萬、發。天使は迷いなく切ってくる。金井と黒川、ふたりとも麻雀を打っていない。牌をツモって牌を捨てる。ただその作業を繰り返しているだけだ。金井は時折ウィスキーグラスを口に運んでいる。酔いたいわけではなく他にやることがないのだろう。⦿、發、三萬、四萬。天使は私のあたり牌を出さない。それは金井や黒川の力ではない。彼女は何に護られているのだろう。麻雀が進むのが速い。天使と囲んでいるからか。雨のせいなのか。たぶん、どちらでもない。時はいつもと同じように流れている。流局。私は三面待ちをツモることができなかった。

「テンパイ」

　手を開く。3人は手を伏せている。金井と黒川が1000点棒をくれた。天使も点棒を出してくる。華奢できれいで優しく力強い指。天使から点棒を取りあげた。

またひとつ、罪を重ねた気がした。

　煙草に火をつける。煙が欲しかったわけではない。天使の親が流れた。黒川にサイコロを振らせないために煙草に火をつけた。店の扉が開き橋本美樹が顔を見せた。そう、パンの時間だった。橋本が紅茶を淹れてくれた。煙草の火を消す。バスケットのクロワッサン、いつもと同じように3つ取る。焼き立てのクロワッサンの匂いを抱きしめた。あたたかく甘い、たまらなくあたたかなこれが大好きだった。私は世界を知らない。だけどここのクロワッサンは世界一だ。このブルームーンと違い下のパン屋はいつも人が溢れている。商品がなくなれば閉店だがそれでは寂しい。だから従業員が自分たちの土産用に焼く。そのお裾分けが2階にも回ってくる。パン屋の朝は早い。朝というより星と月の時間から職人たちは動き始める。開店は6時。冬の6時はまだ暗い。それでも朝食を買い求めに来る客で賑わう。カウンター式のサロン・ド・テがあり、コーヒーとパンを食べて出勤するサラリーマンも多い。私がここに来るのは夕方がほとんどで朝の光景は何度かしか見たことがない。店の前に赤いフェラーリが置いてあったことがある。スーツを着たサラリーマンや学生に紛れてカウンターに青い背中があった。尾崎優一、

あの男の朝も早い。海岸の掃除の後、いつもは港町の食堂で朝食なのだが時々パンも食べるらしい。あの時尾崎はオレンジジュースを飲みながらクロワッサンを７つも食べていた。ここのクロワッサンは特に人気商品で日に1000個以上焼き、ホテルやレストランにも卸している。私は夕方ここに来るとまずパン工房の扉を開ける。そして圧倒される。熱いのだ。オーブンの熱ではなく、男たちの熱気。職人というのは同じ作業を繰り返し同じ味を作るのが仕事なのだろうが、それでもひとりひとりが熱きアーティストだ。飛び交う言葉はフランス語。職人たちは皆フランス語を学習している。そして年にふたりずつパリへ修業に行かせてもらえる。それが済めば退店、独立のはずなのだが店に残る者も多い。男たちに愛されるパン屋、ここはそんな店だ。職人の数は多くまだ全員の名前は覚えていないけどみんな優しい。私が工房に顔を出すといつも焼きあがったばかりのパンを分けてくれる。手で持つことができないほど熱いパン。店内で焼きあがりを待っているお客さんに悪いと思いつつも職人の好意に甘える。昔、ずっと昔８才だったか７才だったか、私は毎日パンを食べていた。真夜中の誰もいないデパートの地下、照明の落ちたフロアに座りこみゴミ袋に詰められた売

れ残りのパンを漁っていた。愉しむのではなく、ただ
生きるためにパンを食べていた。闇に護られひとりで
食べていた。消えることのない遠い記憶。人を殺した
ことがある。全身が血まみれになった。血を見ずに人
を殺しバッグ一杯のお金を手にしたこともある。そん
な女が笑いながらあたたかいパンを食べている。煙草
に火をつける。あの頃から吸っていた HOPE、流れ
る白い煙。天使にも夢や希望はあるのだろうか。天使
にも、過去はあるのだろうか。

「俺は毎週金曜日はここに来るんだがいつも雨が降っ
てる」

　金井が語り始めた。そう、金井が来る日は雨が降っ
てることが多い。そして金井はいつも傘を持ってこな
い。雨に濡れたい理由でもあるのだろうか。190センチ、
120キロ。こんなに大きいのに天使と同じ瞳をしている。
金井が自己紹介を始めた。金曜の夜はウィスキーと麻
雀、などと言っている。そうだといえばそうだし違う
といえば違う。ただ家に帰れないだけなのだろう。弱
いのではなく優しいから帰れない。いつも迷子のよう
な顔をしている。からだが大きい分、よけいに切ない。
疵だらけの瞳で笑いかけてくる。誰にでも優しく誰か
らも好かれる男。そんな金井が天使を気にするのは当

然だ。傷ついた翼で懸命に羽ばたこうとしている雨夜
の天使。何もできない。私には天使にしてあげられる
ことなど何もない。音がきこえてきた。金井と黒川が
牌を落としている。そうか、私たちは麻雀をしていた
のか。煙草の火を消し、私も近くにあった麻雀牌を落と
とした。最後に天使も続いてきた。天使と卓を囲む、
不思議な夜だった。

　静かに麻雀が進んでいく。金井と黒川はやっぱり麻
雀を打っていない。ただ時のように流れているだけだ。
🀅、🀡、🀢、🀣、🀌、🀎。天使の捨牌、国士無双
を狙っているのか。もし役満をあがればうれしそうな
顔をするのだろうか。見てみたい、天使の笑顔。ひと
つ気づいた。天使は時折カウンターの一番奥の席の薔
薇を見ている。私は車を買ってから週に二、三度
RANDYで薔薇を求める。黒川に初めて会った日、血
を見ずに人を殺しバッグ一杯のお金を手にした日、あ
の日の夕方歩道で擦れ違った大きな男。あの男の店で
薔薇を買う。RANDYで薔薇を知った。ブルームーン。
紫なのか青いのか、とにかく淡い色の薔薇。この店と
同じ名の薔薇。私が行くのはいつも昼過ぎで、武藤と
RANDYで顔を合わせたことはない。女性店員とはよ

く話をするが店長とはあまり喋ったことはない。あの店長と金井が古いともだちだということは知っている。金井とここで初めて会った時に知った。ブルームーン。不思議な縁（えにし）の薔薇。天使には薔薇がよく似合う。天使には雨も似合う。きっと笑顔はもっと似合うだろう。

　流局。天使の役満を見ることはできなかった。黒川がボソボソと口を動かしている。天使がどうのと言っているようだ。黒川明、この男も天使に縁（えん）はないはずだ。あの夜（よ）、あの場所から私は黒川の背を追い続けてきた。他にやることはなかった。行きたい場所などどこにもなかった。地獄の入口からエレベーターで地上に降りた。私はサングラスの一歩後ろを歩いた。自分の顔を見られたくなかった。人を殺した私の顔を。外に出た。暗闇。サングラスが捕まえたタクシーに乗った。ヘッドライトやテールランプが眩しい都会の暗闇。タクシーを降りたところに見憶えのある看板。尾崎自動車の事務所のソファーにあの男は転がっていた。

「やあ」

　からだを起こし片手をあげてきた青い作業服の男。三度目の、笑顔。尾崎自動車の尾崎というその男は私にコーヒー淹れてくれた。

「めしを食いに行こう。黒川も付き合えよ」

サングラスの名を知った。尾崎の運転する大きな車で連れてこられたのがここブルームーンだった。カウンターの奥の席、薔薇の隣りで静かにグラスを傾けていた武藤高志。あの夜何を話したかは憶えていない。静かな男だ。何も話さなかったのかもしれない。ただウィスキーを1杯貰ったのは憶えている。カウンターの中にいた片桐が手早くドライカレーとスープを作ってくれた。めしを食いに行こうと言った尾崎は私と黒川をここに置くとすぐに出ていった。ドライカレーを食べ終えた私に片桐がシュークリームを出してくれた。黒川と武藤、寡黙な男だった。赤いベストを着こんだ片桐が私の相手をしてくれた。ウォッカが好きだと言った私に、ロシアとウォッカの話をきかせてくれた。1時間ほどで戻ってきた尾崎の車で私と黒川は送られた。STARGAZER という店の前で黒川は降りた。そこが黒川の塒だった。ブルームーンと STARGAZER の中間ほどのアパートに連れていかれた。冷蔵庫とベッドが備え付けられた小さなアパート。

「黒川に貰ってる」

　私がバッグからお金を出そうとすると尾崎はそう言って笑顔を見せた。黒川と尾崎、不思議な男たちだ。ずっといっしょだった。黒川は尾崎にお金を渡してい

ない。まともに会話すらしてなかった。私は荷物も住所も何もない女。あのふたりにとってはそれが特別なことではないのだ。懐かしい匂いの男たち。暗闇の、匂い。デパートや学校の保健室、体育倉庫、他人の車の中で寝泊まりしてきた。そんな私が自分だけのベッドで眠る。想像したこともなかった。新しい人生が始まったわけではなくただの成り行きだった。車屋の尾崎、一度だけ夜明け前の海岸で待ち伏せしたことがある。朝日を背負って現われた青の男。

「やあ」

　あの時と同じ笑顔。私は尾崎の後ろをついて歩き、ゴミを拾って彼の背の籠に入れた。子供の頃から星や月が好きだった。だけど、朝日もいい。波の音や海を渡る風も気に入った。誰の足跡もついてない砂浜。振り返れば私たちの足跡だけが残っている。私たち以外誰もいない海。雄々と広がる青い海。籠が一杯になると港町の食堂で焼魚定食を食べた。尾崎自動車の事務所前でゴミを分別した。空缶は水洗いして潰し、アルミとスチールに分ける。私の知らない世界だった。海は大きく美しい。世界中の人たちが毎日ゴミを拾えば地球はきれいになる、世界が変わる。そんな考えが一粒の砂より小さく思えるほど海は大きく、そして青か

った。

　生まれたての朝日が海に色をつける。新しい一日が
始まる。海風を感じながら尾崎といっしょに白い砂を
踏む。楽しかった。私は遠足を知らない。遠足とはた
ぶんこんなものなのだろう。歩いた後の朝食のおいし
かったこと。だけど邪魔をしたのは一度きりだ。尾崎
優一。よく喋りさわやかに笑う。だけど、それでも、ど
うしようもなくひとりが似合う男。尾崎は武藤や黒川
のともだちなのだがここブルームーンやSTARGAZER
にあまり顔を出さない。どこで何をしているのか。尾
崎の朝は早い。きっと今頃はもう事務所かショウルー
ムのソファーで横になっているのだろう。
「この雨はいつまで続くんだい？」
「さあね」
　金井と黒川、天使に近づけない男たち。天使を救い
たい。だけど天使はそれを望んでいない。自分の足で
立ち、自分の翼で羽ばたく。それが天使なのだから。
雨を止ませることはできない。闇を終わらすことなど
誰にもできはしない。金井の笑い声がきこえてきた。
楽しいからではなく、誰かのために笑う。いつものこ
とだ。金井にとってもこの夜は長いのだろう。雨音が
きこえてきた。

「ショパンのピアノか」

そう、ショパンだ。いつだったか武藤に教えて貰ったことがある。ブルームーン。この店にはジャズもショパンもよく似合う。華やかな店ではない。ウィスキー、煙草、パン、そして薔薇。いろいろな匂いが染みついた壁。男と女。人の、いろいろな想いが沁みついた店。ジャズと薔薇の名を合わせ持つ麻雀荘。私はここが大好きだ。

そうか、私は麻雀を打っていたのか。河を見る。南も中も１枚も出ていない。中は天使のところに集まっている、そんな気がした。もし私がリーチをかけたら天使は中を出すだろうか。出さない、というほうに賭けてみよう。どうせ負けても失うものはない。今さら傷つくものなど何もない。

「リーチ」

南を曲げる。天使と賭けをした。なぜこんなことをしたのだろう。勝てばどうなるというのか。もし私が負ければ天使から役満をあがることになる。天使は泣くだろうか。天使の涙は見たくない。だから出さないほうに賭けたのか。分からない。天使が苦しんでい

る。天使が跪いている。彼女が見ているのは私のリーチではない。彼女が戦っているのは麻雀ではない。私は天使の苦しみを知らない。天使の戦いを知らない。私にはどうすることもできない。天使の瞳を見ないようにした。彼女の捨牌も。何か別のことを考えよう。そうだ、武藤はどうしたのだろう。今日は一度も姿を見ていない。あの男、いつもならこの時間薔薇の隣りでグラスを傾けている。麻雀に誘えば無表情のまま付き合ってくれる。やくざ者は鼻が利く。天使来店、そんなのを敏感に察知して階段をあがってこないのかもしれない。パン屋と麻雀クラブ、妙な組み合わせだと一度きいたことがある。趣味だ。そんな短い言葉で片付けられた。思い出した。何日か前、新商品のアイデアを求められた。ここのパンは全部おいしくて全部大好きだと言った私に武藤は黙って背を向けた。あれからも考えたがやっぱり何も浮かばない。新商品を開発してさらに売上を伸ばそうというのではない。趣味なのだ。今頃この下で生地を捏ねているのかもしれない。尾崎に金井、それに武藤に片桐。私はみんな大好きだ。だけど黒川に対する想いはそれとは違う。いちばん近くにいる。いつもそばにいる。私はずっと黒川の背を追いかけてきた。ずっと見てきた。黒川は毎日のよう

に麻雀を打っている。あの時のような人を殺す麻雀ではない。この男、無表情で無口なくせにともだちが何人かいる。初めて会った相手とも平気で卓を囲む。愉しいのかそうでないのか、あの時と同じ顔で牌を握る。夜釣りに連れていってもらったことがある。河口で90センチのウナギを釣りあげた時も無表情だった。運転免許は持ってないのに時々ハンドルを握る。好き嫌いはなく何でも食べる。ビールは飲むけどウィスキーは飲まない。ウォッカも飲まない。初めて会ったあの夜、私にライターの火を分けてくれた。だけど煙草を吸ってる姿は見たことがない。服や髪から零れる煙草の匂い。私と同じHOPEの甘い香り。隠れて吸う理由でもあるのだろうか。午前中はたいていSTARGAZERのカウンターで新聞を読むかソファーに転がっている。私は毎朝店の掃除に行く。窓ガラスや麻雀牌を磨いたり、外のゴミを拾う。オルガンの練習をする。黒川の寝顔を見つめる。私はずっと黒川を見てきた。黒川は何度私を視てくれただろう。今日は朝からいくつ言葉をかけてもらっただろう。寡黙な男というのは分かっている。それでも声がききたい。もっと私を視てほしい。あなたは私のことをどう思ってるの？　たぶん嫌ってはいない。そうであってほしい。分からない。知

りたい、でも知るのが怖い。19年生きてきた。他人の
物を盗み、それを自分の命にしてきた。血に染まった
こともある。そんな私に怖いものがあるのか。苦しく
なってきた。息苦しいとは違う。苦しいのは、たぶん、
胸。煙草が吸いたい。煙草なんか、いらない。私が欲
しいのはそんなのじゃない。

「終わったよ」

　雨音の向こうから金井の声が流れてきた。何が終わ
ったのだろう。金井と黒川は牌を伏せている。そうか、
私は天使と賭けをしていたんだ。

「テンパイです」

　天使が手を開いた。

中は切らなかった。私の勝ち。そして思った通り
ちっともうれしくない。牌を倒す。

「どうしてそんなリーチをかけるの?」

　今にも毀れてしまいそうな、天使の声。

「天使からあがりたかったの」

　賭けは私の勝ちよ。

「私は天使なんかじゃないわ。ただの、看護師よ」

　どこかできいたことがあるような気がする。今では看護婦ではなく看護師と呼ぶらしい。

「あなたの背に翼が見えるわ。あなたは、天使なのよ」

　壊れかけたボロボロの翼。

「翼が欲しかった。だけど、私は……」

　ひとつ、ふたつ、天使の瞳から悲しみが零れ落ちてゆく。思った通りきれいな涙。私の渇きを癒してくれはしない。虹をかけることもない。涙はただの涙。美しく、この世でいちばん美しい、天使の涙。総て流れたら天使に微笑みの花は咲くのだろうか。私には、それを見ることは叶わないのだけど。

「あなたは天使よ。あなたが天国へ連れていってあげるの」

　私には、天使に連れていってもらう資格はない。

「ちがう！　私が連れていったのは、地下の、窓のない、つめたい部屋よ！」

　天使の叫び。どうしようもなく、痛かった。天使を泣かせた。私が今までに犯したなかでいちばん重たい罪。席を立ち、天使に背を向けた。重い。出口がやけに遠かった。

「おやすみなさい」

片桐がいつもと同じ穏やかな顔で送ってくれた。声が出なかった。軽く手を振ってブルームーンの扉を開ける。私を待っていたのは暗闇と雨の音。星も月もない暗闇。ゆっくり階段を降りた。６月のつめたい雨。髪が濡れた。服にも染みこんでくる。誰にも止めることのできぬつめたい雨、この渇いた心にも沁みこめばいい。階段を一段一段ゆっくり下り地上に降りた。遠かったのかそうでなかったか、ずいぶん時間がかかった気がする。後ろから気配が近づいてきた。雨が止む。傘がさしかけられていた。

「どうして来たのよ？」

　私は振り返らなかった。

「卓が割れた」

　いつもと同じ声。

「だから、なに？」

「暇になっちまった」

「賭けは私の勝ちね」

「なぜ？」

「あなたが来てくれる、そう賭けたの」

「俺の勝ちさ」

「どうして？」

「俺を待ってる。そう、賭けた」

　優しい声。黒川の胸に飛びこみたいのを必死に我慢した。私はそんなことをしてはいけない女だと自分に言いきかせた。

「ハンカチは持ってないんだ」

　知ってるわ。あなたはいつもハンカチを持っていない。いいの。濡れた髪、そのままにしておいて。手首を、掴まれた。手に傘が握らされる。黒川はそのまま走り出した。雨の中へ。深い闇、すぐに見えなくなった。なに？　どういうことなの？

「待ってよ、黒川さん」

　私をこんな気持ちにさせておいて、待ちなさいよ。自分だけ、自分ひとりだけ、どこへ逃げるのよ！　傘を抛った。私は走り出した。雨の中へ。闇の、中へ。何も見えない。あなたの姿も、あなたの心も。それでも走った。走り続けた。何を叫んだのか、どれくらい走ったのか。星も月もない暗闇の中、黒川の背中が見えた。はっきり見えた。立ち止まっている。後ろから、しがみつく。揺れることない疵だらけの背中。あたたかくもつめたくもない私と同じ温度の心。なのに、あたたかい。息が止まりそうなほどあたたかい。私と同じ匂い。暗闇の、匂い。頬を伝う雨、海と同じ味がする。あたたかく、甘い雨。

「賭けは俺の勝ちだ」

「なによ？」

「追いかけてくる。そう賭けた」

　鼓動がきこえる。どっちのものなのか。たぶん、ふたりの鼓動。

「私の勝ちよ」

「どっちに賭けたんだ？」

「あなたが、私を、好きだというほうに」

　胸に、抱かれた。強く、強く、壊れるほど優しく。同じ体温。なのに、あたたかい。とけてしまいそうなほど、あたたかい。ふたりの鼓動がひとつになった。ふたりの時間がひとつになった。優しかった。雨も、そして闇さえも私たちふたりに優しかった。ずっと闇の中でもいい、そう思った。

　ずっと闇の中でもいい

　あなたと、いっしょなら

ブラックナイト

2021年7月15日　初版第1刷発行

著　者　星河 みづき

発行者　瓜谷 綱延

発行所　株式会社文芸社
　　　　〒160-0022 東京都新宿区新宿1−10−1
　　　　　　　電話 03-5369-3060 （代表）
　　　　　　　　　03-5369-2299 （販売）

印刷所　株式会社晃陽社

ISBN978-4-286-21474-0